# 教室のゴルディロックスゾーン

こざわたまこ

小学館

# 教室のゴルディロックスゾーン

# 目次

胡《こ》蝶《ちょう》は宇宙人の夢を見る 005
真夜中の成長痛 059
わりきれない私達 109

ホモ・サピエンスの相変異《そうへんい》　153
教室のゴルディロックスゾーン　205
放課後から届く声　253

# 胡《こ》蝶《ちょう》は宇宙人の夢を見る

２０ＸＸ年、平穏な日常は終わりを告げた。

突如人類の前に姿を現した、地球外生命体からの宣戦布告。

それは人類にとって、一方的な侵略の通告に他ならなかった。

以来、人類のほとんどが生まれ育った惑星を追われ、宇宙の僻地《へきち》で厳しい生活を強いられている。

私は地球に取り残された数少ない生き残りの一人として、故郷を取り戻すために宇宙人と戦うことを決意した。

互いの存亡をかけた苛烈な生存競争が、今、始まる――。


銀色の銃口から飛び出したレーザービームが、ゲル状の敵の体を撃ち抜いた。宇宙人殲滅《せんめつ》のために開発された特殊な光線銃は、彼らの心臓部――私達は核と呼んでいる――を的確に破壊する。

次の瞬間、撃ち落とされた宇宙人がぎゃわわわわわ、と壊れたシンセサイザーのような叫び声を上げて地面をのたうち回った。宇宙人の感情なんて知る由もないけど、それが彼らの断末魔であることは私にもわかる。

『いいぞ、依子《よりこ》！』

少し遅れて、トトの声が頭に響いた。私達はテレパシー能力によってお互いの心に直接語りかけることができる。

その直後、地面にへばりついた宇宙人が突然、苦しみに耐えきれなくなったかのようにその体を爆発させた。ミッション完了だ。辺りに散らばった宇宙人の肉片から、もくもくとドライアイスのような煙が上がる。

『よくやった。少し休んでいてくれ』

トトはそう言って、宇宙人の残骸をキットで回収し始めた。このサンプルはしかるべき手順を踏んだ後に、解析班に回されることになっている。

『お手柄だな』

その言葉に、私は以前の癖でトトの頭に腕をのばしかけた。しかし、虚《むな》しさに駆られてすぐにその手を引っ込める。トトの体に、生き物としての温《ぬく》もりはもうない。改造手術を経て、体の九割以上が機械化されたためだ。

トトは人類史上初めて実用化に成功した犬型の対宇宙人殲滅兵器だ。見た目はただの犬だけど、高性能のＡＩの他、その体内にはありとあらゆる殺戮《さつりく》兵器が仕込まれている。すべては、憎《にっく》き宇宙人を殲滅するために。

『……？　どうした、怪我《けが》でもしてるのか？』

「なんでもないわ。気にしないで」

『依子、君は――』

何か言いかけたトトが、表情を変えた。トトの視線の先で、無数の肉片がアメーバのように動き回りながら一ヶ所に集まり、互いに互いを吸収しながら、すさまじいスピードでかつての肉体を取り戻していく。気がつけば、そこら中で同じ現象が起こっていた。まずい、とトトが眉間に皺《しわ》を寄せる。

『さっきのは、ダミーだ。こいつら、どこかに本当の核を隠し持ってる！　そいつを破壊しない限り、永遠に再生を繰り返すぞ』

　トトの声に、慌てて銃を構え直す。しかし、なかなかレーザーが発射されない。エネルギー切れだ。次の充塡までは、六秒。ほんの数メートル先では、たった今復活を果たした宇宙人が攻撃を放とうとしているところだった。

　まさか、こんなところで。

　死を覚悟して目を瞑《つぶ》りかけたその瞬間、背中に、どん、という衝撃を感じた。勢いあまって地面に転がる。気がつくと、さっきまで私達がいた場所は、宇宙人からの攻撃でえぐれていた。トトだ。トトの助けがなければ、私は今頃命を落としていただろう。

　助かったわ、ありがとう。トトを振り返ると、そこには信じられない光景が広がっていた。

「トト……？」

　トトが、地面に倒れていた。しかも、上半身に大きな損傷がある。

「嘘《うそ》でしょ。冗談はやめて」

　体をゆすってみたものの、トトはぴくりとも動かない。すでに、何十という数の宇宙人に取り囲まれていた。でも、私には目の前のトトを救うことの方が重要だった。

「嫌だ、トト。私を置いて行かないで。一人にしないで。トトがいなくなったら私――」

　その時だった。トトの体が、突然白い光に包まれ始めた。異変を察知した宇宙人達の動きが止まる。次の瞬間、何者かの力によって私の体は宙に投げ出された。すさまじい跳躍力だ。軽々と宇宙人の包囲網を抜け、地面に着地する。

『あきらめるな、依子。君が死んだら、誰が地球を救うんだ』

誰かがそう言って、エネルギー充塡の終わったレーザー銃を私に向かって差し出した。聞き覚えのある声に、恐る恐る顔を上げる。これは夢だろうか。それとも、さっきのが夢だったんだろうか。

『緊急生命維持装置が発動したんだ。助かったよ』

機械化された体も、そう悪くないだろう？　そう言って、トトがにやりと笑った。

『君を置いて、わたしが死ぬわけないだろう』

「びっくりさせないでよ！」

感動の再会を喜ぶ暇もなく、すでに背後には宇宙人が迫っていた。捕まえた獲物をいたぶるように、じりじりとこちらに近づいてくる。

『正面の敵は、わたしにまかせろ』

トトはそう言って、余裕たっぷりにウインクしてみせた。言うじゃない、と笑いながら、私は振り向きざま、背後の敵にレーザービームを撃ち込んだ。さらに敵の攻撃をかわして、もう一発。

＊＊＊

『――――べては、憎き宇宙人を殲滅するために』

……かはしさん。

『君が死んだら、誰が地球を救うんだ』

たかはしさん。

「わかってるわ、トト」

「高橋《たかはし》さん！　授業中ですよ！」

その声に我に返ると、目の前に立っているのは宇宙人でもトトでもなく、険しい表情で私を見つめる戸塚《とつか》先生の姿だった。先生のトレードマークでもある白髪交じりのくせ毛が、猫のように逆立っている。

返事をしなくちゃと思うのに、うまく舌が回らない。どこからともなく、あーあ、というため息が聞こえた。

まーたキレちゃったじゃん、今月何回目？

仕方ないよ、高橋さんだもん。

ていうかトッティー、最近機嫌悪くない？

なんでもいいけど、このまま授業終わってくんねーかな。

クラスメイト達のひそひそ話をよそに、戸塚先生のお説教は続く。教室には、おだやかな春の日差しが降り注いでいた。窓の外では、体育の授業が行われている。多分、三組の女子だ。とその時、校庭の真ん中にたむろする生徒の群れに紛れて、一人だけ髪を二つ結びにした子を見つけた。私とお揃《そろ》いの、おさげの後ろ姿。

「あ」

さきちゃん、と思わず身を乗り出しかけた私を、戸塚先生は見逃さなかった。

「よそ見しないで、人の話を聞く！」

はい、あの、と口に出したそばから舌がもつれた。ああ、さっきまでの勇敢な私はどこにいっちゃったんだろう。

「高橋さんだけじゃありませんよ。最近クラス全体の空気がたるんでいます。みなさん、いいですか？　中学校の三年間は、あっという間です。みなさん一人一人が上級生になったという自覚を持って……」

私は戸塚先生が苦手だ。先生と話していると、蛇に睨《にら》まれた蛙《かえる》みたいに体が動かなくなる。

『宇宙人だ』

どこからか、そんな声が聞こえた。

『戸塚先生は、宇宙人だ。気をつけろ』

宇宙人？　戸塚先生が？　そんなわけない。

『どこからどう見ても、宇宙人だよ。依子、君が動けないのは攻撃を受けているせいだ。ほら、戸塚先生の頭をよく見てみろ。さっきの宇宙人そっくりじゃないか。人間の体を乗っ取って、寄生してる』

確かにそう言われてみると、天然パーマだと思っていたもじゃもじゃの髪の毛は、ついさっきまで闘っていた宇宙人に似ている、ような気がする。よーく目を凝らすと、その先端がうにょうにょと動いている、ようにも見えた。声の言う通り、宇宙人が戸塚先生の体を借りて、攻撃を仕掛けているのかもしれない。

『そこにも、あそこにも、こっちにもいる。みんな宇宙人に乗っ取られてるんだ。自分では、気づいていないだけで』

その声に従い、教室をぐるりと見回した。ちらちらとこちらの様子を窺《うかが》っている子、我関せずという顔で教科書をめくっている子、こっそりお喋りしている子、つまらなそうにそっぽを向いている子。これも全員、人の皮を被《かぶ》った宇宙人、なのだろうか。

『残念だけど、このクラスはもう助からないかもしれないな』

……そうなの？

『長い間、寄生され過ぎた。早くしないと、彼らの二の舞だぞ。君はこんなところにいるべき人間じゃない。依子、君は――』

その瞬間、高橋さん、と再び名前を呼ばれて我に返った。戸塚先生が怪訝《けげん》な表情を浮かべて、私の顔を覗《のぞ》き込んでいた。

「どうしたんですか、ぼうっとして。具合でも悪いの？」

「……違います」

かわいそうな戸塚先生。自分が宇宙人に乗っ取られているとも知らずに。

「先生、その、私。地球が、地球を救わなくちゃいけないんですけど」

「は？」

戸塚先生はぽかんと口を開けて、地球、と私の言葉をオウム返しした。それを聞いたクラスメイト達から、ぶっ、と笑い声が上がる。その方角に首を向けると、大沢《おおさわ》君が教科書で顔を隠しながら隣の席に身を乗り出しているところだった。大沢君は、クラスでも特に目立つグループの男子だ。普段から声が大きくて、すぐ「あ？」とか言うからちょっと怖い。

なんだよ地球って。あいつ、言ってることやばくない？

知らね。中二病的なやつじゃねーの。

間髪を入れずに、そこうるさいですよ、と戸塚先生が振り返る。大沢君は、やべ、という顔をして、自分の椅子に座り直した。戸塚先生が場を仕切り直すように、ごほん、と咳払《せきばら》いを挟む。

「えー、とにかく。授業の時間は授業に集中してください。もちろん、みなさんも。高橋さんは今後、よく気をつけるように」

戸塚先生はそう言って、くるりと踵《きびす》を返した。これ以上話しても仕方ない、と思われたのかもしれない。

「では、授業を再開します。五十六頁《ページ》、開いて。えー、夢から覚めて、男は思います。自分は夢の中で蝶《ちょう》になったと思っているけど、それは本当だろうか。今こうしている現実こそが、蝶の見ている夢なんじゃないか——。こういった感覚には、みなさんも覚えがあるんじゃないでしょうか」

窓の向こうには、よく晴れた空と筆でなぞったような薄い雲が広がっていた。五月の木漏れ日が教室の床に複雑な模様の影を落としながら、さわさわと揺れている。校庭に目を向けると、トラックを一斉に駆け出す女の子達の姿があった。豆粒みたいな大きさの人影が数人ずつ一列に並び、ホイッスルに合わせてダッシュする。

「ではこの続きを最初から、次の人——」

いくら目を凝らしてみても、その群れからもう一度、おさげの後ろ姿を見つけ出すことはできなかった。

トトというのは、私が幼い頃から姉弟《きょうだい》同然に育ってきた犬の名前だ。私にとってトトはよき理解者で、ペットというより家族であり、なんでも話せる友人でもあり、この世でたったひとりの相棒みたいな存在でもある。私達の出会いは、今からちょうど八年前。母が亡くなり、父さんと私、父娘《おやこ》二人の生活が始まって一年が過ぎた頃のことだった。

母は、私が四歳の時にがんでこの世を去った。職場の定期健診がきっかけで腸にいくつかのポリープが見つかり、病名が発覚してからはあっという間だったらしい。病気がわかる前、父さんは何かにつけて「腰が痛い」とマッサージをせがんでくる母を、お互い年だなと笑い飛ばしていたそうだ。まさか、自分より早く妻が先立つなんて考えてもいなかったのだろう。父さんはその時のことをずっと悔やんでいて、なんなら今も、母さんが早くに亡くなった原因は自分にある、と思っているみたいだ。もちろん、そんなわけはないのだけど。

父さんは当時、大手電機メーカーの子会社でシステムエンジニアとして働いていた。母が亡くなったのは、自身が立ち上げから関わっていたという大きなプロジェクトの責任者に抜《ばっ》擢《てき》されたタイミングでもあったらしい。あの頃、父さんが荒れたリビングで一人、缶ビール片手に考え事をしている姿をよく見かけた。職場でのプレッシャーはもちろん、毎日の食事作りに保育園の送り迎え、床にたまっていく洗濯物の山。シンクに積まれた汚れた食器と、油の浮いた洗い桶。私の前であまりそういう素振《そぶ》りは見せなかったけど、父さんも父さんでかなり参っていたのだと思う。

そんなある日、たまたま出張で近くに寄ったから、という理由で、父さんの大学時代の友人が母に線香をあげに来てくれた。もちろんたまたまというのは嘘で、母の告別式の知らせ以降、連絡が途絶えがちになっていた父さんをずっと気にかけてくれていたらしい。その友人が帰り際、父さんにぽろっとこんなことを話した。

『そういえば今、知り合いが保護犬の里親を探してるんだけど。もし周りに興味ありそうな人がいたら、俺に連絡くれよ』

実家で飼い猫を亡くして以来、二度と動物は飼わないと決めていたはずの父さんに、どんな心境の変化があったのかはわからない。まずは見学だけでも、と言われて訪れた譲渡センターからの帰り道、一人電車に揺られながら、その時にはすでにトトを引き取ることを決めていたそうだ。それから間もなく、父さんは「家族との時間を大切にしたい」という理由で会社に異動願を提出した。

『依子、今日から家族がひとり増えるぞ』

父さんのその一言をきっかけに、トトは高橋家の一員となった。父さんは現在、メーカーの関連会社に出向し、社内システムの運営や管理を請け負う部署に勤めている。部署が変わってからは、休日出勤や出張の回数ががくんと減って、週の半分はきっかり五時半に仕事を終えて家に帰ってくるようになった。

『急に触っちゃだめだぞ、やさしくしてあげなさい』

トトが初めて我が家にやってきた夜のこと。恐る恐るトトの口元に手を伸ばすと、思ったよりも生温かくてざらついた舌が指先をぺろりと舐《な》めた。体を覆う真っ黒な毛並みがつやつやとして美しい。首の周りに手を回すと、つぶらな瞳が私をじっと見つめた。トトは雑種の中型犬で、右耳が萎《しお》れたアサガオのつぼみのようにくてんと横に折れていた。ミックス犬にはよくあることらしいけど、それもなかなか引き取り手が見つからなかった理由のひとつらしい。

その夜、父さんが私にこんなことを教えてくれた。

『この子には元々、兄弟がいたみたいなんだ。今はひとりぼっちだけど……。だから、依子がこの子のお姉さんになってあげないとな』

それから一ヶ月もしないうちに、トトは私の後ろをついて回るようになった。私が名前を呼んだだけで、きゃうんきゃうんとうれしそうに尻尾を振る。どこに行くにも、どこで過ごすにも、私達は一緒だった。ちなみに、トトの名付け親は私だ。私はその頃「弟」という言葉がうまく言えなくて、まだ名前のついていなかったトトのことをトット、トト、と呼んでいた。それを聞いているうちに、父さんもいつのまにかトトをトトと呼ぶのが当たり前になっていたそうだ。

私が小学校に入学して間もなく、ちょっとした事件があった。当時、私は同じクラスの男子達に目をつけられて、嫌がらせを受けていた。机に悪口を書かれたり、文房具を隠されたり。毎朝起きるたびに、学校に行くのが憂鬱でたまらなかった。下校途中にその子達と出くわし、しつこく追いかけ回されたことがある。なんとか自分の家まで辿り着き、鍵を回したところで、リーダーの男の子につかまりランドセルを引っ張られた。絶体絶命のピンチに、私は心の中で「トト助けて」と叫んだ。すると、トトが玄関から飛び出してきて、私を助けてくれたのだ。その子は余程犬が苦手だったのか、半泣きになってトトから逃げ回り、それから二度と私にちょっかいをかけてくることはなかった。

その時、わかった。たとえ言葉が通じなくても、トトと私は心が通じているんだって。以心伝心というやつだ。私にとっては、クラスメイトと会話するよりもトトとコミュニケーションをとることの方がずっとたやすい。私にはトトがお腹《なか》を空《す》かせている時、何かを怖がっている時、喜んでいる時が手に取るようにわかった。私が落ち込んでいる時、家の中でいちばん最初に気にかけてくれるのもトトだった。何も言わずに寄り添ってくれて、私が泣き止《や》むまでそばにいてくれる。

そんなトトも、今年で十三歳を迎えた。人間でいったら、もう立派なおじいちゃんだ。昔は玄関まで走ってきて私に「いってらっしゃい」を言ってくれたのに、ここ数年は立ち上がるのも億劫《おっくう》そうにしている。ふさふさの毛並みはおなかも背中もすっかり薄くなって、大好物のキャベツの芯も途中で吐き出してしまうことが増えた。

でも、悪いことばかりじゃない。トトの体が動かなくなってから、私達はトトのテレパシー能力を使って言葉が交わせるようになった。家にいても学校にいても、どれだけ距離が離れていても、好きな時にトトとお喋りできるのだ。

どうして最初からこうしてくれなかったの、と言ったら、トトは笑ってこう答えた。テレパシーなら、最初からずっと送っていたよ。

『依子が気づかなかっただけさ。人間ってのは、鈍感な生き物だからね。それに、楽しみは最後までとっておいた方がいいだろう?』

＊＊＊

『依子？　眠れないのか？』

トトがそう言って、私の寝床に潜り込んできた。

『次の襲撃がいつ来るかわからない。眠れる時に眠っておいた方がいい』

「うん、わかってる」

『またその写真を見てたのか』

「……うん」

枕元の明かりに、持っていた写真をかざす。そこに写っているのは、かつての、そしてもうここにはいない親友の姿だった。

あの日の光景が、今も頭に焼きついて離れない。ついさっきまで目の前で笑っていたはずのあの子を、突如空から降ってきた宇宙人が連れ去っていった。私は何もできず、あの子が奪い去られていくのを眺めていることしかできなかった。さきちゃんは泣きながら、私に助けを求めていたのに。

依子、助けて――。

「その時誓ったんだ。宇宙人から、必ずあの子を取り戻すって」

それが、私が宇宙人と戦い続けている理由のひとつでもある。もちろん私に、あの子はきっともう帰ってこない、忘れた方がいい、と言う人もいる。でも、それでも私は。

「私、信じてるの。さきちゃんは生きて、私の助けを待ってる」

目的を果たすまでは絶対泣かないと決めたのに、声に涙が滲《にじ》んでしまった。トトから隠れるように、シーツで目元をぬぐう。

すると、それまで黙って話を聞いていたトトが初めて口を開いた。

『わたしも信じているよ。絶対にさきを取り返そう』

ありがとう、とつぶやくと、トトは昔のように、私に体をすり寄せてきた。昔はこうして、ひとつの布団で一緒に寝ていたことを思い出す。セラミックのつるつるとした感触を、指の腹でなぞった。たとえ温もりなんかなくたって、その体はとてもあたたかかった。

＊＊＊

私がさきちゃんと友達になったのは、小学五年生の時の身体測定がきっかけだった。たまたま後ろの席だったさきちゃんが、私の測定結果を覗いて、驚いたように声を上げた。

『わ、すごい』

その言葉に振り返ると、さきちゃんが自分の結果を指さして、興奮したように言った。

『身長も体重もほとんど一緒。こんなことってある？　あたし達、双子みたいじゃない？』

クラスメイトからこんな風にやさしく声をかけられたのは初めてで、すごく戸惑ったのを覚えている。それから、さきちゃんと仲良くなるのにそう時間はかからなかった。

『高橋さんちの犬、トトっていうんだ。かわいいね』

さきちゃんは、私がトトと喋れるようになったと打ち明けた時も、他の人達のように馬鹿にしたりはしなかった。むしろ、かっこいい、あたしの好きなアニメのキャラみたい、と褒めてくれた。なんとかというアニメに出てくる、ノエル、という名前の男の子だ。

『ノエルは昔のトラウマで、仲間にも心を閉ざしてるんだ。でも、唯一動物にだけは心を開くのね。動物は嘘を吐《つ》かないからって。ノエルは動物の心が読めるの。なんでかって言うと……』

互いの家を行き来するようになって、しばらく経ったある日のこと。さきちゃんのうちに遊びに行った帰り、マンションのエレベーターで偶然、大型犬を連れたおばあさんとすれ違った。あれ、と思った。私達の距離がぐっと縮まったのは、さきちゃんのこんな一言がきっかけだったから。

『あたし、ずっと犬飼ってみたかったんだ。でも、うちは動物禁止のマンションだから、ダメって言われてる。今度、トトに会わせてよ』

おばあさんを見かけた次の日、勇気を出してさきちゃんに、犬飼えなかったんじゃなかったっけ、と聞いてみた。すると、さきちゃんは観念したように肩をすくめ、ぺろりと舌を出してみせた。

『嘘、吐いちゃった。依子と早く仲良くなりたくて』

私はその時、生まれて初めて自分が「友達から嘘を吐かれた」ことに気づいた。だってトトは、嘘を吐かない。嘘を吐くのは、人間同士だからだ。たったそれだけのことですら、友達がいなければできないのだ、ということを私はその時初めて学んだ。

『依子も三月生まれなの？　早生まれなんて、いいことないよね。春休みだし、クラス替えもあるし……。ねえ、そうだ。今度、一緒に誕生日パーティーしようよ』

『今度の社会科見学、依子と一緒の班がよかったな』

『家庭科で作るエプロンの生地、まだどれにするか迷ってるの？　あたしと同じのにしなよ。ほら、この星柄のやつ。お揃いでいいじゃん』

『ねえ依子、髪ふたつに結わえてあげよっか。あたしと一緒』

ひとつずつ思い出が増えていくたび、さきちゃんに近づけたような気がした。さきちゃんはやさしかった。小学校を卒業する時、中学でクラスが分かれても一生友達だからねと言ってくれた。入学式でまさかの同じクラスになって、運命だねと言って喜び合った。こういう日々が、これからも永遠に続いていくんだろうと、本気でそう思っていた。

なのに今年のクラス替えで、私はさきちゃんと初めてクラスが分かれた。

『あたし、このクラスでうまくやっていける気がしないよ。依子がいないとさみしい。放課後、絶対一緒に帰ろうね』

新学期当初、さきちゃんは涙ながらにそう語っていたけど、蓋を開けてみれば、一緒に下校をしていたのは最初の一週間だけだった。さきちゃんは新しいクラスで、同じ趣味の「同志」を見つけたらしい。その子達との予定があるとかで、放課後の約束は今日に至るまで、なんのかんのと言ってはぐらかされてしまっている。私はといえば、クラス替えから一ヶ月が過ぎた今も、一緒に下校するような友達はできていない。

「さきちゃん」

その日の休み時間、廊下で偶然さきちゃんを見かけた。さきちゃんはクラスメイトと三人で、何やら盛り上がっている様子だった。二人とも、私の知らない子だ。やばい、とか、神、とかいう単語だけが断片的に耳に飛び込んでくる。さきちゃんが好きだというアニメの話だろうか。

しばらくの間、さきちゃんが自分から振り返ってくれるのを期待してみたけど、待てど暮らせど、さきちゃんがこちらに気づく気配はなかった。さきちゃんが笑うたびに目の前で揺れる二本のおさげが、段々他人のそれのように思えてくる。

「次、理科室じゃない?」

「やば、急がないと」

そうこうしているうちに、予鈴が鳴った。クラスメイトに促され、さきちゃんが歩き出す。あっという間に遠ざかっていく背中に、勇気を出して声をかけた。私の声が小さいせいか、さきちゃんはなかなか振り返ってくれない。

「さ、さきちゃん。さき、ちゃん」

泣きそうになりながら、名前を呼び続けた。

「さき、呼ばれてるよ」

友達にそう言われて、さきちゃんがようやく立ち止まった。

「なんだ、依子か。ごめーん、気付かなかった」

さきちゃんはそう言ってちょこんと肩をすくめ、私に向かって小さく舌を出してみせた。

「ごめんね、依子。うちら、これから移動しなくちゃなんだ。なんか急ぎ?」

そう言われて、自分が何のためにさきちゃんを待っていたのかすら、わからなくなった。別に用事があったわけじゃないのだ。ただ、さきちゃんと喋りたかった。今度一緒に帰ろうと伝えたかった。それだけなのに。

「あの、えっと。その、トト。そう、トトに会いに来て欲しくて。トト、さきちゃんのことずっと待ってるから。あ、すぐにじゃなくていいんだけど。いやでも、どっちかっていうとすぐの方がいいかな、うん。実はその、さきちゃんに見せたいものがあって……」

「依子、ごめん」

さきちゃんが、たまりかねたような顔で私の言葉を遮った。今日マジでもう時間ないわ。またこっちから、連絡する。じゃあね。笑顔で手を振り、そそくさと私のもとを去っていく。あまりに鮮やかなその切り返しに、私は呆然《ぼうぜん》と立ち尽くすことしかできなかった。

ごめーん、気付かなかった。

そう言ってこちらを振り返った、さきちゃん。その時の仕草には、覚えがあった。ちょこんと肩をすくめて、舌を出して。ああ、私、また嘘を吐かれた。でも今度は、それを喜んでいいんだっけ。

……こ。

あの時とは、決定的に何かが違ってしまっている。その「何か」がなんなのか、私にはわからない。

……りこ、よりこ。

また、誰かが私の名前を呼んだ気がした。

『依子、聞こえているか？』

トト？　トトなの？

思わず辺りを見回してみたけど、トトの姿を見つけることはできない。テレパシーだ。トトが直接精神に語りかけてくる。

ねえ、さっきのもトトだったの？　みんなが宇宙人だって教えてくれたのも。

なかなかトトの声が聞こえない。これも宇宙人の攻撃だろうか。

『こんなところで何をしている。早く宇宙人を倒しに行かなくては』

そうだ、私は人類の生き残りで、トトは改造手術を受けた不死身のパートナー。武器を持て、銃を構えろ。レーザービームで、敵の核を撃ち抜け。一刻も早く、宇宙人を殲滅しなくては。早くしないと、地球が、この世界が滅ぼされてしまう――。

肩にどん、という衝撃を受けて、私は廊下の真ん中でよろめいた。はっとして瞼《まぶた》を開けると、クラスメイトの濱中《はまなか》さんが、いぶかしげな顔をして私の顔を見つめていた。

「邪魔なんだけど」

濱中さんは小さく舌打ちをして、行こう、ひかり、と後ろを振り返った。それを聞いた伊《い》藤《とう》さんが、うん、と頷《うなず》く。二人とすれ違った瞬間、伊藤さんと一瞬視線がかち合った、ような気がした。私の勘違いかもしれない。

あの人、ひとり言のボリュームおかしくない？

え？　そうかなあ。

そうだよ。だってなんかちょっと――。

そこまで聞いて、電源コードを引き抜くように、意識を切断した。これ以上、傷つかなくてもいいように。これでもう、大丈夫。自分に言い聞かせている間に、濱中さん達の背中が遠ざかっていく。濱中さんの言葉に伊藤さんが何と答えたかまでは、よく聞こえなかった。

いつだったか、さきちゃんが急にピクニックに出かけよう、と言い出したことがある。あれは確か、小学校の卒業式を間近に控えた、三月のある日のことだった。

といっても、持ち物はおばさんが淹《い》れてくれたポットの紅茶とレジャーシートだけの、急ごしらえのピクニック。河川敷は寒さのせいか他に人の気配はなく、辺りはとても静かで、私達が腰を下ろしたレジャーシートの分だけ、世界から切り離されたみたいに思えた。出かける前はあんなに渋々だったトトも、よたよたとうれしそうに辺りを駆け回っていた。

『……宇宙船に乗ってるみたい』

私がそうつぶやくと、さきちゃんは、これが？　とおかしそうにレジャーシートの端をつまんでみせた。依子はほんとに変わってるね。

『じゃあこれから、ここがほんとに宇宙だと思ってみよう』

さきちゃんに言われるがまま、私達はレジャーシートに寝転がり目を瞑った。そうだ、これはレジャーシートの形をした小さな宇宙船だ。選ばれし二人にしか操作できない、特殊な宇宙船。これに乗って地球を飛び出し、人類の滅亡を企《たくら》む宇宙人を倒す。地球には帰って来れないかもしれない。でも、さきちゃんと二人ならきっと大丈夫。宇宙の果てまでだって行けるだろう。ちっとも怖くない。

『わ、まぶしい』

自分から言い出したくせに、さきちゃんはいつのまにか、私より先に目を開けていた。

『なんか、お腹空いたね』

そう言って二人でリュックを漁《あさ》ってみたものの、他に持ってきたものといえばくしゃくしゃのレシートと、中身が空になったポケットティッシュ、それからフルーツキャンディのゴミだけ。

『ママにクッキーでも焼いてもらえばよかったな』

さきちゃんの言葉に、今度私が焼いてくるよ、と返した。だからまたここに来よう。私ね、最近料理始めたんだ、父さんに任せきりじゃいけないと思って。もうすぐ中学生だし。まだサラダくらいしか作れないけど……。するとさきちゃんは、無理しなくていいよ、と言ってくすりと笑った。

『あたし、お腹壊したくないもん』

ひどい、と口を尖《とが》らせる私に、だって依子不器用じゃん、とさきちゃんが笑って、そんな私達を少し離れた場所からトトが、不思議そうな顔で見つめていた。

瞼の裏に広がる自分の中の暗闇と、宇宙は似ている。そう考えると、宇宙もそんなに遠くない気がした。この青空の向こうに繋《つな》がっている宇宙よりも、ずっと身近な手の届く宇宙。そこにも星は瞬いているのだろうか。

「いらっしゃい」

ピンポンを鳴らして、返事があるまで深呼吸を三回。中から鍵ががちゃんと外れる音がして、マンションの扉が開く。満面の笑みで私を出迎えてくれたのは、さきちゃんのお母さん——おばさん、だった。

「あら、久しぶり。はいどうぞ、入って、入って」

さき、早く出て来なさい。依子ちゃんが来てくれたよ。おばさんが呼ぶのを聞きながら、家の中へと一歩踏み出す。

『今週の土日、空いてる？　ママが遊びに来ないかって』

中学校に入ってから父さんが持たせてくれたスマホに、そんなメッセージが届いた。さきちゃんからの連絡を心待ちにして、数日が経った頃のことだった。ママが、というのはちょっとひっかかったけど、すぐにそんなこと気にならなくなるくらい、舞い上がってしまった。

さきちゃんがなかなか部屋から出てこないので、おばさんが家の中に通してくれた。リビングには、小麦粉とバターのあまいかおりが漂っている。おばさんが私の耳元で、今日は四角いケーキを焼いたの、と囁《ささや》いた。

「依子ちゃんに食べてもらいたいなと思って。これからもうひとつ、焼くつもり。あとでさきの部屋に持っていくから、楽しみにしててね」

ありがとうございます、と頭を下げると、おばさんは、えらいのねえ、さきにも見習ってほしいくらい、と言って笑っていた。

おばさんは、いつもとてもやさしい。家に遊びに行くと必ず手作りのお菓子を出してくれる。揚げ立てのドーナツや、はちみつのかかったホットケーキ。かぼちゃプリンにおしるこに、ホットミルク。いっぱい食べてね、学校でもさきをよろしくね。それがおばさんの口癖だった。

しばらくして、さきちゃんがようやく私の前に姿を現した。

「なんかごめんね、わざわざ来てもらっちゃって」

あたしもトトのことは気になってたんだけどさあ、と言って、さきちゃんはへらりと笑ってみせた。さきちゃんの私服姿を見るのは二ヶ月ぶりだった。ぶかぶかの蛍光色のパーカーに、ぴたっとしたジーンズを合わせている。

「……ううん、いいんだ。私がさきちゃんに、会いたかっただけだから」

すると、さきちゃんがぎょっとしたようにこちらを見返した。何かおかしなことを言っただろうか。さきちゃんは、私がさきちゃんを見ていることに気づくと、すぐに視線を外して自分のスマホをいじり始めた。

久しぶりに足を踏み入れたさきちゃんの部屋は、以前とは随分インテリアが変わっていた。ぱっと目に入っただけでも、本棚の漫画とカラーボックスに並べられたフィギュアが随分増えている。棚の隙間に見慣れない背表紙の本を見つけて、思わず手を伸ばすと、勝手にさわらないで、と怒られてしまった。慌てて腕を引っ込め、ぐるりと部屋を見回す。天井には、アニメキャラが描かれた大きなポスターが貼られていた。たしかあの、青色の髪の毛をした男の子のキャラクターがさきちゃんのお気に入りだったはずだ。以前さきちゃんが、めちゃくちゃおもしろいから、と言って貸してくれたその漫画を、私は最後まで読み切ることができなかった。

『依子も好きなものとか、見つければいいのに』

漫画を返した時、さきちゃんに言われた言葉だ。でも私は、いまだにその意味がよくわからない。好きなものを見つけなさい、という台詞《せりふ》は学校でもよく聞く。好きなものって、見つけようとしないと見つからないものなんだろうか。私の好きなものはさきちゃんだ。そういう好きと、さきちゃんの言っている好きは、違うんだろうか。もしそうなら、私にはそんなもの、一生見つからない気がする。

一度会話が途切れてしまってから、さきちゃんはずっとスマホに目を落としている。少しでもさきちゃんの注意を惹《ひ》きたくて、わざとらしいとは思いつつも、あ、そういえば、と声のトーンをひとつ上げた。

「この前言った、さきちゃんに見せたいもののことなんだけど」

「……ああ。なんだっけ、それ」

反応が返ってきたことがうれしくて、えっとね、と身を乗り出す。

「私ね、少し前に犬を見つけたんだ」

さきちゃんが、犬、と私の言葉をなぞった。

「もう一ヶ月くらい前になるかな。ほら、昔よく遊びに行ってた河原があるでしょ。あそこをまっすぐ行った先に、大きな橋があったの覚えてる？　あの下で見つけたの。多分、捨て犬じゃないかなあ、今時珍しいよね。名前はシロっていうんだ。毛が白いから、シロ。トトには笑われたけど」

その日は、トトが珍しく自分から散歩に行こうとリードを咥《くわ》えて私のもとにやってきた。

四月も半ばを過ぎて、朝晩の寒さも少しずつ和らぎつつある日曜日の朝のことだった。このところ寝床に臥《ふ》せっていることが多くなっていたから、一緒に散歩に行けるだけでうれしくて、久しぶりに河原まで足を延ばしてみたのだ。河川敷に並ぶ遅咲きの桜がぽつぽつと見ごろを迎え、いつもの散歩道をほんのりとピンク色に染め上げていた。

シロを最初に見つけたのは、トトだった。生き物の気配がする、と言うのだ。トトの指示に従って橋のふもとまで歩いていくと、シロは草むらに捨てられた段ボールの下で、ぷるぷると体を震わせていた。白い毛並みが、ところどころ泥で汚れている。よく見ると体つきはふくよかで、人懐こい性格をしていた。飼い主に捨てられてから、あまり時間が経っていないのかもしれない。トトといる時の癖で、顎から首の回りへと指を這《は》わせ、わしわしと耳の後ろを撫《な》でてやる。シロがうっとりと目を細め、もっと、というように目を輝かせた。

『……お前、これが好きなの？』

トトと一緒だ。奇妙な偶然に、シロの顔をまじまじと見つめる。鼻筋の通ったシャープな顔立ちとくりくりとした瞳が、トトとよく似ていることに気づいた。何より耳だ。トトと同じく、耳が片方だけ倒れている。こんな偶然あるだろうか？

『それにしても、依子は相変わらずネーミングセンスがないな』

トトはそう言って、呆《あき》れたように笑っていたけど。

「私ね、シロはやっぱりトトの生き別れの兄弟なんじゃないかと思ってるんだ。だって、あんなに似てるんだもん。さきちゃん、今度一緒に餌あげに行かない？　そうだ、またピクニックに行こうよ。私とさきちゃんとトトと、シロの四人で。今度はお弁当とか、果物とか持ってさ。私、前よりちょっとだけ包丁が使えるようになったんだ。懐かしいね、あの時私達——」

いつのまにか、一人で喋っている。気がつかないうちに、さきちゃんが険しい顔つきで私を見つめていた。

「依子さあ、それ、どっちの話?」

え、と固まった私に、さきちゃんは何も言わなかった。短い沈黙の後、さきちゃんが口を開いた。

「……ていうか、依子って、前からそういう感じだっけ」

「え」

「だって、中学生にもなって犬がどうしたとか言ってる子、あたしの周りにあんまいないよ。そういうのってふつう、見つけたら保健所に知らせなきゃだし。大体、四人でピクニックなんて」

一瞬口にしかけたであろう言葉を、さきちゃんはなぜか直前で呑《の》み込んだ。

「まあいいや。依子の勝手だし」

さきちゃんはそう言って、またスマホの液晶画面に目を戻した。

途中、おばさんが部屋に入って来た。食べやすいようカットされたパウンドケーキを二切れずつ、私とさきちゃんの皿に取り分けてくれた。さきちゃんは、えー、またそれ、と言って顔をしかめている。

「ママ、最近お菓子作ってばっかなんだよね。前は生花教室で、その前はパッチワーク」

今度のはいつまでもつんだろ。さきちゃんはそうつぶやいて、目の前のケーキをフォークでつついた。どうしても食欲が湧かないらしい。食べてもいいよ、というので、ありがたくもう一切れもらうことにする。本当はお腹いっぱいだったけど、無理して口に放り込んだ。口いっぱいの小麦粉のかたまりを気合で咀嚼《そしゃく》する私を見つめながら、さきちゃんが、あーそうだ、と声を上げた。

「依子のクラスに、伊藤さんって子いるでしょ」

そう言われてすぐに思い浮かんだのは、廊下ですれ違った時に見かけた伊藤さんの姿だった。細身でスタイルが良くて、確か陸上部に入っている伊藤さん。普段は濱中さん達と一緒に行動している。どちらかというと、派手めなグループにいる子だ。

「あの子、一年の途中で急に苗字《みょうじ》変わったよね」

前は桐生《きりゅう》だったんだよ、確か。さきちゃんはそう言って、含みのある、意味ありげな笑みを浮かべてみせた。

「二年に上がる前くらいに変わったんだって。別のクラスだったから知らなかったけど」

ぽかんと口を開けたままの私に、さきちゃんは、親が離婚したか、再婚したってこと、と続けた。それでようやく、さきちゃんが何を言いたいのかを察する。

「こんな中途半端な時期にかわいそうだよねー、親の都合で。せめて高校入るまで待てなかったのかな」

「振り回される子どもが馬鹿みたい」

「伊藤さんって、濱中さんとこのグループの子だっけ。なんか、納得」

六畳ほどの洋室に、さきちゃんの声がよく響いた。続けてさきちゃんは、あたしあのグループ苦手なんだよね、と吐き捨てた。

「なんかいっつも廊下占領してるしさ。自分達が世界の中心って感じ。あたしああいうの、ほんとダメなんだよね」

ねえ、依子はどう思う？　最後にそう聞かれなくて、ほっとした。多分私は、うんそうだね、とも、それは違うよ、とも言えなかっただろうから。私がその話題に興味を示さなかったことを、さきちゃんは不満に思ったのかもしれない。それ以上話は盛り上がらず、私はさきちゃんの家を後にすることになった。

「さきちゃん」

玄関を出る直前、思い切って声を上げた。来週、また来てもいいかな。するとさきちゃんは即答で、あ、無理無理、と首を振った。

「来月のイベントの、準備あるから」

耳慣れない単語に、イベントって、と聞いてみると、あれ、言ってなかったっけ、とさきちゃんが首を傾《かし》げた。そこで、初めて知った。クラスに、さきちゃんが今ハマっているアニメのオタク仲間がいたこと。新学期にたまたま席が隣になったというその子達は、中の人や原作の掲載誌まで追いかけている、ガチ勢だったこと。その内の一人（おのちん、とさきちゃんは呼んでいた）のお姉ちゃんが、レイヤー、らしいこと。そのお姉ちゃんの仲間が企画しているという、コス友同士の交流会があって、それをイベントと呼んでいること。

そういうことを、さきちゃんは早口で、かつものすごい熱量で話し続けた。相槌《あいづち》を挟む間もない。最初から、私の反応なんて期待していなかったのかもしれない。私はさきちゃんが話している内容の、半分も理解できている気がしなかった。

　ひとしきり話すと、さきちゃんは気が済んだのか、ついでのように「だから、ごめんね。また今度」と言って手を合わせた。その「今度」がいつなのか、ここで話すつもりはないらしい。私はいまだに、自分が「依子も来る？」という一言を期待していたことに気づいて、それを恥じた。

「……じゃあさ、じゃあその、提案なんだけど。今度の月曜日、その、一緒に帰らない？」

　ほとんど台詞を捻《ね》じ込むみたいにして、なんとかそれを口にすることができた。さきちゃんの反応はない。少しの間が空いた後しばらくして、さきちゃんが、うんわかったー、と間延びした声で頷いた。え、と聞き返す間もなく、目の前の扉が閉まる。

　じゃあ、また。玄関のドアが閉まる直前、私が発したその言葉が、さきちゃんに届いていたかはわからない。

＊＊＊

『この先に、さきの生体反応を感じる。間違いない』

「さきちゃんが、この建物の中にいるってことね」

　ようやくだ。数多《あまた》の苦難を乗り越え、やっとここまで来た。さきちゃんを取り戻すまで、あと一歩。しかし、トトの表情は依然として厳しい。

『……やっぱり、そうだ。こちらの行動パターンが読まれている』

トトが、苦々しい顔でそうつぶやいた。

「私達の動きをリークしている、裏切り者がいるってこと?」

私の言葉に、トトが頷く。

「それって、まさか――」

口を開きかけた次の瞬間、目の前を真っ白な閃光《せんこう》が駆け抜け、意識がブラックアウトした。

体が地面に打ちつけられ、その衝撃で我に返る。間一髪、一命は取り止めたものの、手足が動かない。立ち上がろうとすると、鋭い痛みが全身を貫いた。息が苦しい。建物に備え付けられた赤い警報器が、狂ったように点滅を繰り返している。

＊＊＊

約束の月曜日、さきちゃんは当然のように待ち合わせ場所に姿を現さなかった。

一緒に帰る、という約束は叶《かな》わないまま一週間が経ち、そして今日。私は校舎に残った生徒達の視線にさらされながら、廊下でさきちゃんを待っていた。ここを通りかかったさきちゃんを待ちぶせして、つかまえてしまおうという作戦だ。しかし、待てど暮らせどさきちゃんはなかなか姿を現さない。そうこうしているうちに、スピーカーからは下校を促す校内放送が流れ始めた。

ちょうどその時、私の目の前を見覚えのある生徒が横切った。さきちゃんと一緒にいた三組の女子――おのちん、だ。おのちんは吹奏楽部に所属しているらしく、胸に大きな金管楽器を抱えている。勇気を振り絞って、声をかけた。

おのちんは私の話を聞くと、怪訝そうな顔で「さきなら結構前に帰ったはずだけど」と答えた。

「えっ」

「てか、一緒じゃないの？　うちらには、高橋さんと一緒に帰るって言ってた」

私がよっぽどおかしな顔をしていたせいだろうか。おのちんは眉をひそめ、何かを探るような表情で私を見つめていた。

「高橋さんって、その。一年の時、さきと同じクラスだったんだよね」

思わぬ質問に恐る恐る、うん、と頷くと、おのちんが、聞いてもいい、と首を傾げた。

「さきって、やっぱり昔からああいう――」

おのちんが何か言いかけたその時、廊下の向こうから、早くしないと先生に怒られるよ、という声が聞こえた。おのちんと同じような楽器を首にぶらさげた女子が、こちらに手を振っている。今行く、とおのちんがそれに返した。

「……ごめん、なんでもないや。今の、忘れて」

明日さきに会ったら伝えとくね、高橋さんのこと。おのちんはそう言って踵を返し、ばたばたと部活仲間のもとに走っていった。

小さくなっていくおのちんの後ろ姿を見つめながら、ぐるりと首を回す。ふと気がつけば、辺りはすっかり暗くなっていた。昇降口の明かりが、妙に白々しい。一人取り残された下駄箱でゆっくりと辺りを見回すと、黒のクレヨンにも似たべっとりとした夕闇が少しずつ校舎を塗り潰していくのがわかった。

「依子ちゃん?」

その日、学校帰りに立ち寄ったスーパーで日用品のコーナーを物色していると、聞き覚えのある声に呼び止められた。振り返った先で、同じく買い物の途中だったらしいさきちゃんのお母さんが、こちらに手を振っていた。

「この前は遊びに来てくれてありがとうね」

「あっ、あの。あの時のケーキ、ありがとうございました。父さ、父もすごく美味《おい》しかったって」

今度会ったらお礼しないとって、言ってました。そう言って頭を下げると、おばさんは「あら、本当?　それはよかった」と顔をほころばせた。

さきちゃんの家に遊びに行った帰り、マンションの共用スペースで、依子ちゃん待って、と呼び止められた。おばさんは玄関からサンダルで出てきたらしく、まだほのかに温かさの残るそれを、紙袋に入れて持たせてくれた。

『これ、おみやげ。焼きたてだから、よかったらお父さんと一緒に食べてね』

家に持ち帰り、夕食の後に一口だけつまんだケーキの欠片《かけら》は、冷めてもやっぱり美味しかった。

「いいのいいの、お礼なんて。気にしないでくださいって、お父さんにそう伝えてくれる?」

そのかわり、またさきと遊んであげてね。おばさんの口から飛び出したさきちゃんの名前に、思わず口ごもってしまう。おばさんは特に気にする様子もなく、依子ちゃん、今日はお夕飯のお買い物？　と首を傾げた。

「……あ、えっと。はい」

今日の戦利品は父さんに頼まれていた特売チラシの豚挽肉《ひきにく》と、見切り品のオクラだった。我ながら、なかなかいいチョイスだと思う。今朝父さんは珍しく寝坊したらしく、今夜はカレーだ、とだけ言い残して、朝食も食べずに家を飛び出していった。多分帰りは遅くなるから、炊飯器のスイッチだけでも入れておこう。本当は私が作れたらいいんだけど、一人でコンロを使うのはまだちょっと怖い。

おばさんは私の顔と買い物カゴを交互に見比べると、感心したように、えらいねえ、とつぶやいた。それに比べてうちのさきは、とも。

おばさんは私に会うと、必ずと言っていいほど「えらい」を連発する。トトの面倒を見てえらい。まだ中学生なのにえらい。がんばっていてえらい。お母さんがいないのに、えらい。えらい、えらい、えらい、えらい。おばさんのことは好きだけど、そう言ってくれるのはうれしいけど、私は時々おばさんが吐き出した「えらい」の分だけ、自分の周りから少しずつ酸素がなくなっていくような、そんな気持ちになることがある。

「さきは包丁なんて持ったことないし、服も脱いだらその辺に脱ぎっぱなし。洗い物だって、面倒臭がってやろうともしないんだから。依子ちゃんは、そんなことないでしょう？」

中学に上がってから、私は父さんに任せきりだった家事を少しずつ覚えるようになった。

掃除や洗濯は一度やり方を覚えてしまえば苦ではなかったし、それなりに楽しい。やればやっただけ褒められるし、勉強やスポーツとは違って自分のペースでできるから。順位もつかない。誰にも急《せ》かされない。そのことに、ほっとする。でもそれが、この先何かの役に立つんだろうか。

「家でさきによく、依子ちゃんのこと見習えって言ってるの」

「えっ」

正直、複雑だった。私と比べられるなんて、さきちゃんは嫌がるんじゃないだろうか。掃除や洗濯なんかより、勉強やスポーツができるならそっちの方がいいじゃん。いかにもさきちゃんが口にしそうな台詞が、頭に浮かんだ。

「……ねえ、依子ちゃん」

気がつくと、おばさんが眉を八の字にして、私の顔を覗き込んでいた。

「あの子、新しいクラスでうまくやれてる？　ちょっと前まで、依子ちゃんとクラスが離れちゃったって相当落ち込んでたの。依子ちゃんも知ってるでしょう？」

そんなの、もう随分昔のことのように思える。今さきちゃんの頭の中は、新しい友達のことでいっぱいだ。そこに、私の入る隙間なんてこれっぽっちもない。

「あの子は、依子ちゃんがいないとダメだから」

おばさんの中で、私とさきちゃんの関係は一年生の時のままで止まっているのだ。もしそうだったら、どんなにいいだろう。でも、もう違う。私達の間柄は、二ヶ月前とは全く違ったものになっている。それをおばさんに、どう伝えればいいのかわからない。

ちょっとそこ、いいっすか。野太い声に顔を上げる。この店のアルバイトらしい男性が、コンテナボックスを抱えて立ち往生していた。道を塞いでいたらしい。すみません、と場所を移動すると、男性は私の後ろをすり抜けて、スタッフオンリーの札が貼られたアルミのドアの向こうへと消えていった。

男性が去った後もぶらぶらと揺れ続けるドアを見つめながら、おばさんがぽつりとつぶやいた。

「さきは幸せ者だね」

え、と首を傾げる。するとおばさんは私の方を見て、だって、依子ちゃんみたいな友達がいるんだもん、と目を細めた。

「さきは私に似て、人よりも少し弱いところがあるから。だからずっと、心配だったの。この子はこの先、やっていけるのかなって。だから、さきが初めて依子ちゃんを家に連れてきた時はうれしかった……」

黙り込んだ私を見て、そうだ、とおばさんが声のトーンを変えた。

「今度の日曜日は、依子ちゃんも一緒？」

「え」

「なんとかっていう集まりで、みんなと出かけるんでしょう？　隣町の」

おばさんはここから二十分電車を乗り継いだ先にある、繁華街の名前を口にした。駅の南口には市役所や病院が、北口には最近出来たばかりの小さなショッピングモールがある街だ。この辺りの中学生は、週末になるとみんなその街に遊びに行く。

「公民館でイベントがどうのって、随分前から楽しみにしてたみたい。私にはさっぱりだけど」

さきをよろしくね、と言われて反射的に、はい、と頷いていた。

「依子ちゃん、さきと友達でいてあげてね。これからもずっと、さきと仲良くしてやってね」

おばさんは別れ際、念押しするように何度も何度もそう口にした。ねえ、依子ちゃん。これからもさきをお願いよ。私はそれになんと答えていいかわからず、レジの列に消えていくおばさんの後ろ姿を黙って見送ることしかできなかった。

「……ねえ依子、虚言症ってなんだかわかる?」

ピクニックの帰り道、さきちゃんから突然そんなことを言われた。耳慣れない単語に、何それ、と首を傾げると、さきちゃんは、依子は何にも知らないね、と言って笑った。さきちゃんの後ろには、熟れすぎたあんずのような、ただれた空が広がっていた。

「虚言症って、嘘吐きのことだよ」

あたし、それなんだって。誰がそんなこと言ったの、と返すと、さきちゃんはけろりとした顔で、「みんな」とだけ答えた。みんなは、みんなだよ。黙り込んだ私に、さきちゃんは言った。嘘を吐くって、そんなにいけないことなのかな。

さきちゃんが昔学校を休みがちだった、という話はおばさんから聞いていた。その原因がどうやら、クラスメイトとさきちゃんの間に起きたトラブルにあるらしい、ということも。

さきちゃんの言う「みんな」には、昔のクラスメイトも入っているんだろうか。

「ママにも昨日、言われたの。嘘吐きは地獄に落ちるんだから、って」

私の胸の内を見透かしたように、信じられないでしょう、とさきちゃんが笑う。

「依子の知ってるあれは、ママの表向き用の顔だから。家ではすぐ物投げたり、電話口でパパに死ねって言ったり、すごいんだから」

さきちゃんの口から飛び出す単語のおどろおどろしさと、いつも玄関でやさしく出迎えてくれるおばさんの笑顔が、うまく重ならない。出来損ないのコラージュのように、そのイメージはちぐはぐのままだった。

「そんなんだから、パパに愛想つかされちゃうんだよ」

さきちゃんはそう言って、口元に乾いた笑みを浮かべた。ほんと困っちゃうよね、と肩をすくめてみせたさきちゃんが、まあでも依子も似たようなもんか、とつぶやいた。

川から吹いた風が辺り一帯をびゅう、と吹き抜けていく。思わず顔をしかめた私にそっと体を寄せて、さきちゃんが囁くようにつぶやいた。風にさらされて冷たくなった頰に、さきちゃんの頰がぴたりとくっついた。

「あたし達、似た者同士ってこと」

ぱあん、と弾《はじ》けるような音が辺りに響く。少し遅れて、じんじんと頰に痛みが広がっていった。視線を戻すと、たった今目の前で振り抜いた右手をぶるぶると震わせながら、鬼のような形相で私を見つめるさきちゃんの姿がそこにあった。さきちゃんの瞳は蛍光灯の光を反射して、きらきらとブルーに輝いている。

さきちゃんは頭に、鮮やかな水色のウィッグを被っていた。お揃いだった二つ結びは姿を消して、髪はショートカットに変貌している。服装は、フリルのついたブラウスに両肩の肩章、ぴったりとしたジョガーパンツ、膝の近くまである銀色のブーツ。いずれも青と白を基調にした王子様のような装いだ。

何かに似ている、と思ったそれの正体が、さきちゃんの部屋にあったフィギュアの男の子であることに気づいた。さきちゃんが大好きな、アニメの中の男の子。ふと視線を動かすと、通路に立てかけられた目隠し用のパネルの陰から、さきちゃんの仲間達がちらちらとこちらの様子を窺っているのがわかった。

みんな、思い思いの格好をしている。がちゃがちゃとした原色の組み合わせが目に眩《まぶ》しい。ここに来るまでに、似たような雰囲気の女の子達をたくさん見た。この会場の入り口に貼られた「撮影会」の文字が何を指すのかを、私は知らない。パネルの奥の扉の向こうで、一体何が行われているのかも。

さきちゃんが普段よりもワントーン低い声で、「なんでここにいるの」とつぶやいた。

「あたしあんたに、ここのこと言ったっけ?」

口を開きかけた私を遮って、言ってないよね、と被せるように言う。なのになんであんたがここにいるの。

「私、その、さきちゃんに会いたくて、それで」

「だからあたしのこと、ずっとつけてきたの? それとも、あたしのスマホでも勝手に見たの？　この前家に来た時」

「違う、私は」

「違うって、何が」

「だから、その……」

とにかく違う、と首を振ったものの、さきちゃんの耳には届いていないらしい。しばらく黙り込んでいたさきちゃんが、ぽつりとつぶやいた。

「気持ち悪い」

さきちゃんは、青ざめた顔でこちらを睨んでいた。その肌の白さが、元々のものなのか、頬に塗りたくられたファンデーションのせいなのかはわからない。

「あんた、すっごく気持ち悪いよ。ストーカーみたい」

さきちゃんが嫌悪で声を震わせていた。何か言い返したいのに、声が出ない。代わりに、自分でも思ってもいなかったような言葉が、唇から漏れた。

「……友達、だよね」

「は？」

「私達、友達だよね？　さきちゃん、言ってくれたもんね？　私達、似た者同士だって」

それを聞いたさきちゃんが、眉間に皺を寄せる。まるで、汚いものでも見るみたいに。冷たい視線が、レーザービームみたいに私の体を射抜く。目の前の景色が、ぐらぐらと揺れ始めた。

「そんなわけ、ないじゃん」

『逃げろ、依子』

唐突に、トトの声が頭に響いた。

『見た目だけは人間の形をしてるが、そいつは立派な宇宙人だ』

「……え？」

トトは何を言っているんだろう。

『あれは、宇宙人だ。さきが、わたし達の裏切り者だったんだ』

違う。目の前にいるのは、さきちゃんだ。

「あんたのことなんて、大っ嫌い」

さきちゃんが憎々しげにつぶやいた。依子、早く――。トトが何かを言い終わるか言い終わらないかのうちに、目の前を灼熱《しゃくねつ》のレーザービームが駆け抜けた。青色の髪の毛が、一本一本意思を持っているかのように蠢《うごめ》く。次の瞬間、さきちゃんの体が風船のように膨らみ、弾けて、中からさきちゃんの本体が飛び出した。真っ青なヘドロみたいなそれはぐねぐねと動きながら分裂と再構築を繰り返し、増殖していく。

「さきちゃん、嘘でしょ？」

『宇宙人に意識を乗っ取られたんだ。前に言っただろう。長く寄生され過ぎた。多分、この子はもう助からない』

違う。どんな姿でも、さきちゃんはさきちゃんだ。そう返したいのに、なかなか言葉が出てこない。これも宇宙人の攻撃だろうか？　ヘドロみたいなさきちゃんが、地を這うような声で私に語りかける。

「さきちゃんはやさしいとか、友達になれてうれしいとか、嘘ばっかり。あんたのそういうおべっかを聞いてると、胸がムカムカしてくるんだよ」

さきちゃんの放ったレーザービームが地面を焼き尽くし、あっという間に辺りは火の海と化していく。四方を炎に塞がれ、私の退路は完全に断たれた。

「嫌だった。うっとうしかった。ずっとずっと、そう思ってた」

あたし達、ちっとも似てなんかない。さきちゃんが、吐き捨てるようにそう言った。

「なんでこんなところにいるの？　早くあたしの前から、消えてよ」

『わかっただろう。こいつはもう、友達なんかじゃない。早く目を覚ませ。武器を持て、銃を構えろ。敵を殲滅しなくては。早くしないと、地球が――』

「……わかった」

そう言って、私はさきちゃんから目を逸《そ》らした。

「ううん、本当は、わかってた。ずっと前から。私がそれを、信じたくなかっただけ」

『依子、わかってくれたのか？　なら早く、そいつを』

トトの声に、ガガガッ、とノイズが交じる。

「裏切り者は、あなただったんだね」

『……依子？』

「そう考えれば、全部辻褄《つじつま》が合う。授業中に助けてくれたと思っていたのも、廊下で私に話しかけてきたのも。さきちゃんを倒して、私の体を乗っ取るために」

『依子、怪我でもしたのか？　さっきから何を言ってるんだ』

「あなたはトトじゃない」

私の言葉に、初めてトトが——いや、トトの偽者が押し黙った。

「あなたは一度も、私の呼びかけに答えてくれなかった」

『……』

「何度トトって呼んでも、頷いてくれなかったね。だから、あなたはトトじゃない。トトはね、私が呼ぶとうれしそうに尻尾を振って返事してくれるの」

『依子、君は騙《だま》されて——』

「それでも、トトと話せてうれしかった。今まで、ありがとう。さようなら」

その瞬間、トトの声がぶつりと途切れた。そして私は、ようやくさきちゃんに向き直り、その両目を正面から捉えた。ブルーに輝く、カラーコンタクトの瞳。

「さきちゃん、ごめんね」

「……は？」

「勝手にやさしいさきちゃんを好きになってごめんね。運命だなんて思ってごめんね。でもほんとは、やさしくなくてもいいの。私を嫌いでもいいの。どんなさきちゃんでもいい。また一緒に、放課後一緒に帰ったり、ピクニックに行きたかっただけなの」

そうだ。また三人で、いや今度は四人で、ピクニックに行こう。さきちゃんと私とトトと、シロのみんなで。あのペラペラで安っぽい、あちこちを虫に食われた小さな宇宙船に乗って。

「何、それ？」

「え？」

「この前からピクニック、ピクニックって。あたしそれ、全然覚えてないんだけど」

一瞬、何を言われているかわからなかった。

「どうせ、……も全部あんたの――なんでしょう？　……みたいに」

背後から、地面の崩れる音がする。巻き起こった爆風が、私達の声を掻《か》き消してしまう。

「――なんか信じて、頭おかしいんじゃないの」

おかしい？　頭おかしいって、何？　私が？

「……けど。でもそろそろ、あんたも認めなよ。――って。……れないよ」

あんただって、本当はもうわかってるんでしょう。そこで音声は途切れたまま、何かを訴えるさきちゃんの唇の動きだけが、無声映画のワンシーンみたいに目に焼きついた。自分の体が、ゆっくりと後ずさりを始める。そして逃げるように、その場から駆け出した。


「夢から覚めたら、どうしよう」

いつだったか、トトとこんな会話を交わしたことがある。

「時々、思うの。今見ているもの、ここにあるもの。この戦場も、宇宙人も、全部全部偽物なんじゃないかって。目を覚ましたら私は人類の生き残りでもなんでもないただの十三歳で、トトは」

そこまで聞いて、トトが口を開いた。

『大丈夫だよ、依子。どんな世界でだって、君はきっとうまくやれるさ』

「何を根拠に、そんなこと言うの？　うまくいくかなんて、誰にもわからないじゃない」

『なんだ。わたしの言うことが信じられないのか？』

トトはそう言って、まっすぐ私を見つめた。でも、そうだな、と続ける。もしそれが、本当なんだとしたら――。

『たまには、君とゆっくり散歩でもしてみたいね。そこらにいる、ふつうの犬みたいに』

できれば、改造手術なんか受けていない体で。冗談めかした口調でそう言って、トトは得意のウインクをしてみせた。

「でも、そしたらあなたはいつか死んじゃうのよ」

トトは、全然問題ないよ、とそれに答えた。

『ならわたしは、生まれ変わって依子に会いにいくだけだ』

トトが突拍子もないことを言うものだから、耐えきれずに笑ってしまった。生まれ変わりだなんて、トトはロマンチックなのか現実的なのか、よくわからない。

「姿や形が変わったら、私はそれがトトだって、ちゃんと気づけるかな」

するとトトが、見た目なんてたいした問題じゃないさ、と私の顔を見つめた。

『ほら、言うだろう？　大切なものはいつだって、目に見えない』

トトが、どこかで聞いたような台詞を口にした。それって、と言いかけた私を見て、きゅっと目を細める。この見た目にもそろそろ飽きてたんだ、次はどんな姿で依子の前に現れようかな。トトはそう言って、口元にいつもと変わらない涼やかな笑みを浮かべていた。

「シロ」

何度呼んでみても、返事はない。運河に架かる大きな橋が、難攻不落の要塞みたいにそびえ立っている。夕暮れ時の橋の下には、不法投棄の粗大ごみと、コンクリートの壁に書かれたスプレーのいたずら書き、そして洞穴のような暗闇が広がっているだけだ。

「シロ、出ておいで、私だよ、依子だよ。どうしたの、なんで出てこないの」

段ボールの隙間、コンクリートブロックの物陰、草むらの間。どこを捜しても、シロが見つからない。

「トト、どうしよう。シロがいないの。あいつらに殺されちゃったのかもしれない」

どこからか迷い込んだ風がコンクリートの柱に反響して、不気味な不協和音を奏でている。

「トト、トト？　偽者は倒したよ。どうしたの、なんで答えてくれないの」

いつまで経ってもトトの返事はない。風が代わりに、何かを訴えかけようとしている。ぶんぶんと首を振り、その声を頭から追い出した。

「……駄目だ、依子！」

河原を通りかかった老人が、ぎょっとしたような顔でこちらを振り返った。関わり合いになりたくないと思われたのか、私と目が合うや否や、足早にこの場を去っていく。

「違う。どんな姿でも、さきちゃんは」

続きの台詞はもう決まっているのに、どうしてか耳に届かない。私の声は河川敷を舐めるように吹き抜けた強い風にさらわれ、掻き消されてしまった。

『どうせ、そのシロとかいうのも全部あんたの妄想なんでしょう？　トトみたいに』

さきちゃんが最後に放った言葉が、こだまのように反響していた。

『いもしない犬なんか信じて、頭おかしいんじゃないの』

『そりゃ、なかなかお墓にいけなかったのはあたしも悪かったけど。でもそろそろ、あんたも認めなよ。トトは死んだって。トトだって、いつまで経ってもあんたがそんなんじゃ浮かばれないよ』

『あんただって、本当はもうわかってるんでしょう』

トト、早く出てきて。いつものように、私を助けて。そして証明して。あなたは生きてるって。宇宙人はいるって。私は人類の生き残りなんだって。私の言ってることは嘘じゃないって。

『ピクニックって。あたしそれ、全然覚えてないんだけど』

レジャーシートの宇宙船、空になったポケットティッシュの袋とフルーツキャンディのゴミ、おばさんの甘い紅茶。あれも全部、嘘だったんだろうか。

『ねえ依子、虚言症ってなんだかわかる?』

さきちゃんがあの日、口にした言葉の数々。

『嘘を吐くって、そんなにいけないことなのかな』

あの時頬に触れた、さきちゃんの肌の感触。

『あたし達、似た者同士ってこと』

全部全部、私の妄想だったんだろうか。トトがいたこと。シロがいたこと。さきちゃんとの幸せな日々。だとしたら、どこまで。どこまでが現実で、どこまでが夢だったのか。私にそれを教えてくれる人は、もういない。

どこかで、パキ、と小枝の折れる音がした。誰、とつぶやくと、躊躇《ためら》いにも似た短い沈黙を挟んで、その人が柱の陰から姿を現した。

「あの、私……」

いつの間にそこにいたのか、伊藤さんが申し訳なさそうな顔をして、ぽりぽりと頬を掻いていた。あの時逸らされたはずの視線が今、私の顔の辺りで焦点を結んでいる。

「なんか、ごめん。声かけるつもりはなかったんだけど」

そう言って、こちらに歩いてくる。

「私、邪魔かな」

あれだったら、いなくなるけど。そう言われて、慌てて首を振った。伊藤さんは、練習着らしいスポーティーなトレーニングウェアに身を包んでいた。日曜日なのに、一人で練習だろうか。

ちょっと話さない、と言われて、伊藤さんの後をついていくことにする。

「私、今年の初めにこの辺に引っ越して来たんだ」

堤防の階段へと移動しながら、伊藤さんがそんなことを教えてくれた。

「それから散歩と練習がてら、たまに走ってる。私の家、ここから見えるかな。ほら、あそこ。高橋さんの家は？　なんだ、結構近いじゃん。全然知らなかった」

伊藤さんは、クラスにいる時と比べてよく喋った。もしかしたら、少し緊張してるのかもしれない。伊藤さんみたいな女の子でも緊張することがあるんだな、と思ったら、なんだかおかしかった。河原には、私達以外誰もいない。小さなモンシロチョウが一匹、ふわふわと原っぱを飛び回っているだけだ。

「高橋さんもあいつに会いに来たの?」

伊藤さんはがさごそと胸元のボディバッグに手を突っ込み、ドッグフードの入ったビニール袋を取り出した。

「あいつって、シロのこと?」

「そう呼んでるんだ」

伊藤さんは目を瞬《まばた》かせ、高橋さん、ネーミングセンスないね、と笑った。

「最近見かけないから。どうしたのかなって思ってたんだよね」

誰かいいひとに貰《もら》われていっちゃったかな。不自然な沈黙の後、伊藤さんが気を取り直したようにつぶやいた。

「私達以外にも餌あげてた人、いたみたいだし。あいつ、あれで結構調子いいからなあ」

食べすぎなんだよね、最近かなり肥えてたもん。そう言って、伊藤さんが笑う。私は勇気を出して、伊藤さん、と口を開いた。

「変なこと、聞いてもいいかな」

何それ、怖いなあ。伊藤さんはそう言いながらも、続きを目で促した。

「……ここに、シロは本当にいたの?」

すると伊藤さんは、はあ? と素っ頓狂な声を上げた。

「何言ってんの、いたに決まってるじゃん。夢でも見てたの?」

しっかりしてよ、と伊藤さんが私の背中を叩《たた》いた。ぱしっ、と小気味のいい音が鳴る。その直後、自分の指先をじっと見つめて、あれ、と首を捻《ひね》った。

「もしかして高橋さん、家でも犬飼ってる?」

「え」

色は黒かな、と伊藤さんがつぶやく。

「……なんで、わかるの」

「さて、なんででしょう」

マジックの種明かしをするみたいな顔で、だってほら、と私の服を指さした。

「これ、その子のでしょ?」

伊藤さんに言われるがまま、肘のあたりに手を伸ばす。それを目にした瞬間、あ、と声が出た。

「ちょうど生え替わりの季節だっけ。やっぱり、飼うってなると大変なんだねぇ」

それは、トトの背中の毛だった。いつのまに、こんなところについていたんだろう。毎年この時期になると、いやになるくらい目にしてきた。リビングは毛だらけになるし、掃除機はつまるし、いくら掃除してもきりがないし。父さんなんかは一度、クリーニングに出したばかりのスーツをだめにして、がっくり肩を落としていたっけ。

「その子、なんて名前なの?」

伊藤さんがそう言って、こちらを振り返る。その動きが、ぴたりと止まった。

「……高橋さん?」

「トト」

伊藤さんが、え、と首を傾げた。

「トト、っていうの。その犬の名前」

大好きなトト。

いつも私のそばにいてくれたトト。

私はトトが好きだった。いつも少しだけ濡《ぬ》れた、あの鼻の感触が好きだった。首の周りについた皮を、パンの生地をこねるみたいに触るのが好きだった。うれしい時にはぱたぱたと風を切り、かなしい時にはしょんぼりと地面に垂れる、嘘の吐けない尻尾のあり方が好きだった。私に何かあると心配そうに首を傾げる、いたいけなその仕草が好きだった。

「でももう、死んじゃった」

トトはもう、ここにいない。あの懐かしい黒々とした毛並みも、鼻筋の通ったハンサムな横顔も、アンバランスな両耳も、かしこそうな鳶《とび》色の目も。この世のどこを探しても見つからない。もう、ずっと前から。久しぶりに二人で河原に出かけた、その翌朝のことだった。

結局、あれが最後のお出かけになってしまった。

久しぶりの散歩に疲れたのか、トトは家に帰るとごはんも食べずに寝床に向かい、毛布の上に体を横たえた。大好きだったキャベツの芯が、干からびたままケージの隅に転がっていた。目やにをぬぐい、そっと耳の後ろを掻いてやると、トトは私の手首の辺りにくんくんと鼻をうごめかせ、安心したように瞼を閉じた。その日の明け方、父さんが寝床を覗いた時には、すでに息を引き取っていたらしい。私はトトの死に目には立ち会えないまま。だから今も、トトがどこかで生きているような、そんな気がして。

「トトって名前は、私がつけたの。弟だから、トト。センス、悪いでしょ。でも、私は」

続きは言葉にならなかった。突然声を押し殺して泣き出した私を、伊藤さんは何も言わず、じっと見つめていた。

「ねえ、高橋さん。見て」

それからしばらく経って、伊藤さんが正面を指差した。顔を上げると、黄昏時《たそがれどき》にきらきらと輝く川の向こうで、息を呑むほど真っ赤な夕焼けが辺り一帯を茜《あかね》色に染め上げていた。川も橋も地面も蝶々も、伊藤さんの顔も、何もかも。

「……きれい」

伊藤さんがそれを見て、なんだか世界の終わりみたいだね、とつぶやいた。

でも、私は知っている。このくらいじゃ、世界は全然終わらない。美しい夕焼けも、大切な人の裏切りも、愛犬の死も。それだけで、世界を傷つけることなんてできない。私達は、私達が思うよりもずっとしぶとく、たくましくて、うんざりするくらい頑丈だ。

さきちゃん、さきちゃん、さきちゃん。

心の中で、こっそり叫んだ。私、本当は地球なんてどうでもよかったよ。さきちゃんが一緒に帰ってくれるなら、それだけでよかった。さきちゃんが私のそばにいてくれるなら、それでよかった。でももう、それは二度と叶わない。

ああ、と思った。今ここに、宇宙人が攻め込んでくればいいのに。ヒトの力なんて及びもつかないような圧倒的に理不尽な力で、この河原も私も、さきちゃんもさきちゃんちのマンションも、すべてをなぎ倒して地面を焼き払い、何もかも消し去ってくれればいい。地球なんて、このまま滅びてしまえばいい。

少しして、伊藤さんが私の背中に手を添えるのがわかった。伊藤さんの手は思ったよりもずっと小さくて、でもその手のひらを通じて、じんじんと熱が伝わってきた。

私はその手に支えられながら、泣いた。赤ちゃんみたいにわんわん泣いた。そして、トトの名前を呼んだ。もういない、この世でたった一人の弟の名前を呼んだ。返事が返ってくることはないのだ、とわかっていても、止めることはできなかった。

# 真夜中の成長痛

「さき、昨日見た?」

弾むような声に顔を上げると、淡い小花柄のキャミソールに身を包んだ琴《こと》ちゃんが、興奮したような面持ちであたしを見つめていた。

「あ、見た見た。今週の〝月ラン〟でしょ?」

ラストやばかったよね、と返すと、琴ちゃんは前がはだけたブラウスもそのままに、首がもげるんじゃないかという勢いでこくこくと頷いた。

視界の隅では最後の身体測定から戻ってきたらしい隣のクラスの女の子達が、そこらに制服を脱ぎ捨てたまま、お喋りに夢中になっている。今日の一限は健康診断で、着替え場所に指定されたこの教室は、生徒達が出たり入ったりを繰り返していた。

「あれ、月ラン至上に残る神回だよね。さきもそう思わない? 中の人の演技、すごすぎ。わたし、号泣しちゃった」

「うん、うん」

「ミカミさん、なんであんな声出せるんだろ。声優ってほんとすごいよね。尊敬しちゃう」

琴ちゃんの言うミカミさん、は売れっ子の男性声優だ。彼の出演情報を見逃さないよう琴ちゃんは毎日、目を皿のようにしてSNSやホームページをチェックしているらしい。

「原作もめちゃくちゃいいところで終わってるし。次の巻どうなるんだろ。あ、優花《ゆうか》。知ってても ネタバレしないでよ」

琴ちゃんがそう言って、あたしの肩越しにおのちんを睨んだ。あたしと琴ちゃんは単行本派だけど、おのちんは月ランの掲載誌を購読していて、あたし達の中で唯一今後の展開を知っている。

「言わないよ。てか琴子、さっきから声デカすぎ」

おのちんはそう言って、呆れたようにあたし達を見遣《みや》った。おのちんは一足先に健康診断から戻ってきたこともあって、とっくに着替えを済ませて次の授業の教科書をめくっている。

いつもクールで姉御肌のおのちんと、おっとりした見た目で実はうるさい、好きなものには猪突猛進《ちょとつもうしん》の琴ちゃん。あたし達の出会いは、同じクラスになってすぐの席替えで、隣の席になった琴ちゃんがあたしに話しかけてくれたことがきっかけだった。

『それ、月ランのノエルじゃない？』

琴ちゃんの目に留まったのは、現在放送中の深夜アニメ、「月面のアトランティス」のメインキャラクター、暁《あかつき》ノエルのアクリルキーホルダーだった。

『わたし、月ランだと主人公のスバル推しかな。ていうか、スバルの声やってる人のファンなんだ』

『クラスでこの話ができる人と出会えると思ってなかったー。え、待って。すごいうれしい』

『ねえ、さきって漫画の方は読んだことある？　わたしの友達で、原作ファンの子がいるんだよね。同じクラスの、小野《おの》優花って言うんだけど……』

そんな感じでおのちんを紹介され、あたし達はその日のうちに意気投合した。琴ちゃんとおのちんはご近所さんで、家族ぐるみの付き合いもある。いわゆる幼馴染《おさななじみ》ってやつだ。普段からお互いの家を行き来しているだけあって、二人の間には家族のような空気が流れていた。

「えー、別にデカくないし」

おのちんの容赦ないつっこみに、琴ちゃんがぷうっと頬を膨らませる。

「さきもそいつに付き合ってないで、早く着替えなよ。この教室、次は男子が使うらしいよ」

その言葉にあたしと琴ちゃんは顔を見合わせ、慌ててスカートやらブラウスやらを身につけ始めた。とその時、一際大きい声が教室に響き渡った。

「マジでないじゃん、最悪！」

そう言って今にも泣き出しそうな顔をしてるのは、確か一組の……そうだ、濱中さん、だ。

「亜梨沙《ありさ》、やっぱここじゃないって。もっかい戻って探してみよ？」

濱中さんの連れらしいもう一人の女子が、宥《なだ》めるようにそう言った。それでも濱中さんは諦めがつかないみたいで、きょろきょろと辺りを見回している。

「ふじもん、もっかいそっち見て。この教室以外ありえない」

初めての誕プレなんだもん、なくしたなんて言えるわけないじゃん。そう言いながら、濱中さんがぐるりと首を回す。ヤバい、と思う間もなく視線がかち合った。濱中さんはあたしに目を逸らす隙を与えず、つかつかとこちらに歩いてくる。濱中さんが目の前に立った瞬間、ブルーベリーのガムにも似た甘いかおりが、ふわりと鼻先を掠《かす》めるのがわかった。

「ねえ、ここにネックレス落ちてなかった？　色はピンクっぽいゴールドで……」

一言知らないと言えばいいのに、体が硬直して声が出なかった。こんなに輪郭のくっきりした声を、ひさしぶりに聞いた気がした。その強い語調も相まって、お前が盗んだんだろうと言われているみたいだ。

「ちょっと。話聞いてる?」

あたしの態度は、濱中さんの癇《かん》に障ったみたいだ。さっきからずっと、苛立《いらだ》たしげに目を吊《つ》り上げている。なんでこういう人達って、一片の迷いもなく自分が正しいみたいな言い方ができるんだろう。そもそも、アクセサリーは校則で禁止されているのに。どうせ、先生の目を盗んで隠しているうちに、どこかにやってしまったんだろう。自業自得じゃないか。

「知らないよ」

その声に振り返ると、いつのまにかおのちんがすぐ後ろに立っていた。

「うちらがここに来た時には、なかったと思うけど」

おのちんは、声を荒らげることもなく、静かにそう答えた。その後ろで琴ちゃんが、援護射撃でもするみたいにこくこく頷いている。有無を言わさぬおのちんの態度に、濱中さんも気を削《そ》がれたらしい。あっそ、と言って、くるりと踵を返す。

「あ、亜梨沙。待ってよ」

早足で教室を後にしようとする濱中さんを、〝ふじもん〟が慌てて追いかける。濱中さんがいなくなると、教室は少しずつさっきまでの騒々しさを取り戻していった。

「こわっっ。何あれ、女王様かよ」

濱中さんが去ってすぐ、おのちんが吐き捨てるようにつぶやいた。おのちんにしては珍しい。驚いて顔を上げると、おのちんはもういない濱中さんの背中に向かって、べーっと舌を出してみせた。

「あんなの全然気にすることないよ」

「……だね」

強張《こわば》った頬を動かし、なんとかそう返す。琴ちゃんが心配そうに、さき、ほんとに大丈夫？　とあたしの顔を覗き込んだ。

「うん。大丈夫、大丈夫」

「濱中さんも、あんなキツい感じで言ってこなくたっていいじゃんね」

「それくらい大事なものだったんじゃん？」

「それにしたってさ」

「あれ、彼氏にもらったんじゃないかな。あの子、他校の男子と付き合ってるって噂になってた気がする」

「えっ、ほんとに⁉　うちらと住む世界違いすぎ」

「ていうか、さ」

あたしが口を開くと、二人が示し合わせたようなタイミングでこちらを振り返った。

「あの人達、ぶっちゃけあんま評判よくないよね。濱中さんとか、あきらかに性格悪いし。誰かが言ってたけど、昔万引きで捕まったことあるらしいよ。もしほんとだったら、絶対反省とかしてなさそうじゃない？」

一瞬の間を置いた後、おのちんと琴ちゃんがふっと表情を緩め、「さき、それはちょっと言いすぎ」と言って笑った。笑ってくれた。そのことに、まずいちばんにほっとする。

みんなが思ってるのに言えないことを真っ先に口に出してみんなを笑わせる、普段はおとなしくて、実は口の悪いさき。それが、このグループで確立されたあたしのキャラだ。あたしは中学に入って初めて、琴ちゃんやおのちんと出会って初めて、嘘偽りのない本当の自分と、この世界での自分の居場所を見つけた気がした。

さきこそ、性格悪っ。何それ、二人が言い始めたんじゃん。いいから早くしなよ、うちらいつのまにか最後だし。ばたばたと荷物をまとめて教室を飛び出し、廊下でぶーぶー文句を言いながら、本当は二人に、ありがとう、と伝えたかった。琴ちゃんとおのちんがあたしを気遣って、ことさらに濱中さんを悪く言ってくれていたのがわかったから。

その日は朝から、五月も半ばを過ぎたとは思えないくらい冷え込んだ。前日に大陸から寒気が流れ込んできたらしい。そのせいもあって、布団の中でいつもより一時間以上早く目を覚ましてしまった。二度寝しようにもなかなか寝つけず、そのまま登校することにする。

一番乗りだろうと思って教室の戸を開けると予想に反して、見覚えのあるショートボブの横顔が、問題集と睨めっこしていた。

「あれ。おのちん、早いね」

「そっちこそ」

おのちんはそう言って、すぐに机に向き直った。おのちんは休み時間も、気がつくと教科書やら単語帳やらを開いている。おのちんの家は親が厳しいらしい。以前おのちんに、部活との両立は大変じゃないかと聞いてみたら、帰宅部だと塾に入れられそうだったから、それに反抗するために無理矢理部活に入った、と言っていた。だから、忙しいのは覚悟の上、らしい。

いつもこんな時間に登校してるの、と聞くと、おのちんは首を振って、今日はたまたま、とだけ答えた。しばらくの間、おのちんがノートに文字をかきつける音だけが教室に響いた。

邪魔しちゃ悪いかな、と思ってちらちら様子を窺っていると、おのちんはそれに気づいたのかくすりと笑って、こっちに座れば、と顎をしゃくった。ありがたく前の席に座らせてもらうことにする。

「この前ありがとね。それから、来月のイベントのことも」

おのちんがペンを止め、ああ、と顔を上げた。

「お姉さんにもお礼言っておいて」

「おっけー。伝えとく」

おのちんのお姉さんは重度のアニメオタクで、「月面のアトランティス」をメインに活動している社会人コスプレイヤーだ。結婚か何かですでに実家を出ていて、今は県外で暮らしていると聞いた。お姉さんとはひとまわり以上年が離れていることもあって、おのちんにとっては実の姉というより、年上のオタク友達みたいな存在らしい。そのお姉さんの計らいで、あたしと琴ちゃん・おのちんの三人は、来月隣町で開催されるコスプレイベントを見学させてもらうことになった。

「ほんと楽しみ。あたし達、ふつうの服着て行っていいの？　周りがそういう格好してるなら、逆に浮いちゃうかな」

「なんか、意外」

「え？」

「さきって、そういうの興味あったんだ」

「そういうの、って」

「だから、コスプレとか」

「あ、いや。興味ってほどじゃないけど……」

「でも、あの部屋見せて欲しいって言ったのもさきからだったでしょ？」

さきって普段はそういうこと言わないから、びっくりしちゃった。屈託のない笑顔でそう言われて、返す言葉に詰まってしまった。

『うちのお姉ちゃんの部屋、ヤバいんだよね。昔の衣装とか。ほら、あの人本職のレイヤーだから』

先週、琴ちゃんと一緒におのちんの家に遊びに行かせてもらった。その時に無理を言って、こっそり部屋の中に入れてもらったのだ。琴ちゃんは用事があるとかで早目に帰っていたから、人目を気にせず頼みやすかったというのもある。

「入ってみて、どうだった？」

そう聞かれて、あの部屋をどう表現したものか言葉に迷っていると、おのちんが「気ぃ遣わなくていいよ」と笑った。

「ぶっちゃけ、ひいたでしょ」

「全然！　そりゃ、ちょっとはびっくりしたけど。逆に、うらやましくなっちゃった」

「え？」

「あたしもおのちんみたいに、趣味の合うお姉ちゃんが欲しかったな」

それを聞いたおのちんが、そんなにいいもんじゃないよ、と苦笑いする。きりがよかったのかペンを止め、よし、と言ってノートを閉じた。そのまま、顔を上げて伸びをする。

「あれ。おのちん、髪切った？」

「うん。昨日、美容院で整えてもらったんだ。伸ばそうかなと思ってたけど、やっぱやめた。鬱陶しいんだもん」

「へえ。おのちんのロング、見てみたいけどな」

「さきはもう、髪結ばないの？」

「え？」

「ちょっと前までは、よく二つ結びにしてたじゃん。あれ、かわいかったのに」

「……身長伸びてから、あんま似合わなくなっちゃって」

今年の身体測定で、あたしは去年より六センチ背が伸びた。ママの背丈はとっくに追い越してしまったし、クラスでも女子の中では上から数えた方が早い。

「そう？　ふつうに似合ってたと思うけどな」

したい髪型、すればいいのに。おのちんはそう言って、脇に置いていたトートバッグを膝の上に乗せ、机の上を片づけ始めた。

正直、背が伸びたところでいいことなんて一つもない。体の節々に違和感があるし、夜中になると膝が痛んで寝ていられない。今日みたいに寒い日は、特に。こういうのを、成長痛っていうらしい。保健の教科書には十二歳頃までと書いてあったけど、あたしの成長はいつになったら終わるんだろう。そのせいで、服も髪型も似合わなくなったものばかりだ。でも、二つ結びをやめた理由はそれだけじゃない。

「あの子も、同じ髪型してたよね」

え、と顔を上げると、おのちんは手を動かしたまま、ほらあの子、と繰り返す。

「この前、廊下でさきに声かけてきた子」

その瞬間、あの時のことがまるでついさっきの出来事のように脳裏に蘇《よみがえ》った。

『さきちゃん』

あたしのことをちゃん付けで呼ぶ、世界でたった一人の声。あの子の濡れた視線が、頭から離れない。

『……そう、トトに会いに来て欲しくて。トト、さきちゃんのこと――』

久しぶりに会った依子は、相も変わらずそんな話をしていた。依子のお喋りの話題は、小学生の頃からほとんど変わり映えしない。飼っている犬の話か、自分の妄想の話。出会ったばかりの頃と同じだ。あの子の中で、時計の針が止まっているみたいに。

『あの子、一年の時さきと同じクラスじゃなかったっけ？　友達？』

依子と別れてすぐ、琴ちゃんにそんなことを聞かれた。あたしは咄嗟《とっさ》にこう答えていた。

『ううん、ただのクラスメイト』

あたしはみんなに、依子のことをそう説明した。友達でも、親友でもなく。

「……さき？　大丈夫？」

あたしが急に黙り込んでしまったせいだ。おのちんがそう言って、心配そうにこちらに身を乗り出した。その拍子に、おのちんのトートバッグがずるりとすべり落ちた。バサバサッと大きな音を立てて、中身が外に出てしまう。ペンケースの中身は、ほとんど床に散らばってしまった。

「うわ、ごめん。やっちゃった」

「あ、いいよ。拾う拾う」

何してんの、と笑いながら、正直ほっとしていた。これ以上おのちんの前で、依子の話を続けたくなかった。

おのちんの私物をひとつひとつ拾い上げていくうちに、違和感を覚えた。床の隅に目を凝らすと、蛍光ペンや教科書、転がったリップクリームに続いて、きらりと光る何かがあった。金色よりももう少しピンクがかった、細身のチェーンのようなもの。ネックレスだ。輪の真ん中には、きらきらとした星がいくつか輝いている。幾何学模様にも似た、これは。

——ねえ、ここにネックレス落ちてなかった？　色はピンクっぽいゴールドで、星座のモチーフがついてるんだけど。

あ、と思った次の瞬間、ネックレスはひったくるように奪い取られた。

「これって」

おのちん、だった。顔を上げた先で、おのちんは強張った笑みを頬に貼り付けたまま、あたしを見つめていた。その手にぶらさがったネックレスが、窓から降り注ぐ朝日を一身に受けて、場違いにきらきらと輝いている。

「違うの」

開口一番、おのちんはきっぱりとそう口にした。

「違うって、何。それ、濱中さんのだよね。昨日着替えの時に探してたやつ。なんでおのちんが持ってるの」

言いながら、あの時おのちんがあたしと琴ちゃんよりも先に健康診断から戻ってきていたことを思い出した。なんで、の答えは、もう出ている。でも、それを認めたくなかった。おのちんはあの時濱中さんに、ネックレスなんて知らない、と言った。あたしを守ってくれたんだと思っていた。

「……私、知らない」

「じゃあ、ここにあるのはなんで」

「知らないって言ったじゃん」

おのちんは、壊れたロボットみたいに同じ答えを繰り返すだけだ。

「じゃあ、こっちは？」

そう言って、ずっと右手に握っていたものを差し出した。それに気づいた瞬間、おのちんの顔に初めて動揺が走るのがわかった。

「このリップクリーム。これ、琴ちゃんのでしょ？　そうだよね。教室で使ってるの、見たことあるよ」

それは、十代から二十代の女の子に人気の化粧品ブランドのもので、本体を買うと一緒についてくるケースには、一目見ればここのものとわかる猫のマスコットキャラが描かれている。値段だけで言えば、ドラッグストアなんかで売っているコスメよりも一桁多くて、この辺りじゃそうそう見かけることもない。少なくとも、このクラスで琴ちゃん以外にこのリップクリームを使っている人を、あたしは見たことがなかった。

そもそも、琴ちゃん憧れのミカミさんがインタビューで理想の女の子について聞かれて、ここのブランドのコスメを持っている子、と答えたのがきっかけだった。中学生が手にするには少しばかり高価なそれを、リップだけならお小遣いを貯《た》めれば買えるから、とうれしそうに見せてくれたことがある。

「最低じゃん」

おのちんが、はっとしたように顔を上げる。

「友達のもの盗むなんて、ありえない。琴ちゃん、幼馴染なんでしょ？　最低だよ」

「……それは、ほんとに違う」

おのちんが、絞り出すようにそう口にした。

「それは、って何？　じゃあやっぱり、ネックレスは」

何か言いかけたおのちんが、その手前で言葉を飲み込み、さきだって、とつぶやいた。

「さきだって、一緒じゃん」

「え？」

何を言われているのか、わからない。

「私、ほんとは知ってるよ。この前廊下で声かけてきた子。あれ、さきが小学校の時からつるんでた子でしょ」

「は？　今、そんな話」

「すごい冷たくあしらってたよね。なんであの時、友達じゃないふりしたの」

「なんでって……」

「そんなんだから、いじめられるんじゃないの？」

思いがけない言葉に、頭が真っ白になった。

「吹部に、さきと同じ小学校だった子がいるの」

呼吸がうまくできない。咄嗟に胸を押さえたあたしを、おのちんは哀れむような目で見つめていた。

「その子が言ってた。緒川《おがわ》さきは、嘘吐きだって。そのせいで、クラスでいじめられてたって。すぐどうでもいい嘘吐いて友達を裏切るから、信用できないって」

「……ちょっと、待って」

「さきも同類じゃん。最低じゃん。私に何か言う資格なんてないよ」

さきも、というその言葉は、自分の罪状を認めたも同然だった。なのに、このふてぶてしさはなんだ。さっきから、自分のしたことを悪びれようともしない。

その時、ガラガラ、と教室の入り口から戸の開く音がした。

「おはよー。あれ、どうしたの？　二人とも早いね」

「琴ちゃん……」

それに気づいた瞬間、あたしは咄嗟に、持っていたリップクリームをおのちんのトートバッグに投げ入れた。おのちんを隠すように、ずいと前に出る。それを見たおのちんが、はっとした顔で、ネックレスを持っていた方の手を後ろに隠した。そのままごそごそと、スカートのポケットに拳を捻じ込んでいる。

「なんか今日、異様に早く目覚めちゃって。……え。何かあった？」

「あ、いや。えっと、おのちんがバッグの中身、ぶちまけちゃって」

「え、ほんと？　手伝おうか？」

「大丈夫、大丈夫。ほとんど拾い終えたから。ね、おのちん」

そう言って笑いかけると、おのちんは、ぎくしゃくとあたしを見返した。おのちんに、アイコンタクトを送る。

「……うん。さき、ありがとね」

やがて、教室にはクラスメイト達が続々と登校してきた。あたし達はいつも通り、ホームルームの時間が始まるまでの時間を一緒に過ごした。いつもと同じように、月ランの話題であーだこーだ言い合いながら。そうこうしているうちに、一限目の授業が始まった。このまま、何事もなかったかのように一日が過ぎていくんだろうか。そう思っていたら、後ろの席からノートの切れ端を折り畳んだ小さな手紙が回ってきた。差出人は、おのちん。書き出しは、ごめんなさい。

『さっきは、変なこと言ってごめんなさい』

『信じてくれないと思うけど、盗《と》るつもりなんてなかった。これは本当です』

『お願いだから、琴子にだけは言わないで。お願いします。なんでもするから』

琴子にだけは、言わないで。見慣れたまるっこいその字は、この一文だけ、何かに怯《おび》えて震えているみたいに見えた。

今思うと、きっかけらしいきっかけなんてものはなかった。あたしが小学校でいじめられるようになったことに。

強いてあげるなら四年生の時に、うちのパパには芸能人の友達がいる、と嘘を吐いたことだろうか。パパはその頃、地方向けのテレビ番組を手がける小さな制作会社で働いていて、なんとかという俳優と一緒に仕事をしたことがある、というのが自慢だった。だから、全部が全部嘘ってわけでもない。

友達の気を惹くために仕方なくやった事実の脚色だった。それにあの頃、この程度の嘘なら誰もが吐いていたはずだ。同じクラスのあの子も、あの子も、あの子だって。なのに、あたしだけがその標的に選ばれたのは、なんでなんだろう。

その俳優に会わせてと言われて、約束の日に「急に来れなくなったみたいだ」と嘘を吐いた。じゃあ今から父親に電話してみろと言われて、仕事で忙しいからパパはなかなか電話に出てくれない、と言った。しばらくして、その言い訳が通用しなくなり、パパは別の会社に転職したから、みんなにその人を会わせるのは無理になったと言った。パパが転職したことだけ本当だった。全部嘘だったんだろうと言われて、パパがその俳優からもらったサインを見せたけど、こんなの誰にでも書けると言われて信じてもらえなかった。友達に嘘を吐くのか、裏切り者、と言われた。それを身に覚えというなら、似たような記憶は他にも山ほどある。どれも始まりは、ささいな嘘だった。少しずつ少しずつ、小さな嘘と本当を重ねるうちに、あたしのあだ名は「虚言」になった。

そのうち、あたしが喋った時だけみんなが返事をしてくれなくなった。買い換えたばかりの文房具がすぐなくなった。みんなに配られるはずの連絡事項が、クラスであたしにだけ回ってこなかった。ちょっとした「あれ？」を気のせいだと言い聞かせ、騙し騙しやり過ごしているうちに、ある朝、家の玄関から動けなくなった。

最初の方こそ、うちのさきをいじめたのはどの子、なんて息巻いていたママも、あたしの学校でのあだ名といじめの理由を知ってから、そういうことは言わなくなった。かなりショックを受けたみたいだった。おばあちゃんに電話で、私の育て方が間違ってたのかな、とか、こんな時もあの人は、とか言って泣いているのを聞いたことがある。

半年近く不登校の日々が続いて、五年生がリセットのタイミングだった。今のクラスは解散し、新しいクラスで新しいクラスメイト達と新学期が始まる。ママから、学校行ってみる？　と聞かれて、あたしはこくりと頷いた。

今までの全部をまっさらにして初めて友達を作るなら、昔の自分に似た子がいいと思った。大人しくて弱っちくて、友達がいない、かわいそうな子。そういう子があたしの友達になってくれるなら、あたしはその子の前でだけ、ありのままの自分でいられる気がする。嘘を、吐かずにいられる気がする。

どうぞ、と言われて重い扉を開けると、広々とした玄関の上がり框《がまち》におのちんがぽつんと立っていた。

「入って」

導かれるまま、あたしはおのちんの家の玄関から延びた廊下を渡り、二階への階段を上った。その途中、茶の間のソファでくつろぐおのちんのお父さんの姿を見かけた。お父さんはすぐにあたしに気づいて、笑顔で「どうも」と頭を下げてくれた。お邪魔します、と会釈を返す。やさしそうな人だな、と思った。シャツの上にベストを着こなし、洒落《しゃれ》た眼鏡をかけている。

二階に上がってすぐ、ちょっと待ってて、と言われておのちんの部屋に一人取り残された。おのちんの家はすごく広い。お父さんが建設会社を経営しているらしい。ここに来るまでに使われていない部屋を何個も見た。玄関に飾られた大きな盆栽や、ちょっとした調度品を見ただけでも裕福さが伝わってきた。おのちんの家は、うちのママが買ってくるルームフレグランスとはまた違う、清々《すがすが》しい木のかおりがした。

オーディオ機器にたくさんのCD、漫画、最新のタブレット、きれいに整頓された月ランのグッズ。あたしが欲しいものを頭に思い浮かべろ、と言われてぱっと思いつくようなものが、この部屋には大体揃っている。何不自由のない生活を送っているはずだ。なのになんで、おのちんはあんなこと。

『本当になんでも言うこと聞いてくれる?』

おのちんが回してきた手紙に、あたしはそう返した。正直言って、おのちんのやったことをバラす気なんて、さらさらなかった。多分あの時、琴ちゃんの前でおのちんを庇《かば》った時点で、そう決めた。でもあたしは結局、おのちんが持ちかけて来た取引にのることにした。それはどうしてか。

「いいよ、出てきて。多分誰も上がってこないと思う」

部屋に戻ってきたおのちんは、扉の隙間からあたしを覗き込み、緊張した面持ちでそう告げた。こっち、と言われて小さく頷く。場所はもう覚えていた。二階の廊下の突き当たりにある、その部屋の扉。丁度目線の高さに、かつてこの部屋の主だった人の名前が書かれたネームプレートがぶら下がっていた。

「もう一回聞くけど。ほんとに、こんなことでいいの？」

扉の前で、おのちんは今日何度目かもわからないその台詞を、確かめるように口にした。

「うん。もちろん」

おのちんはいまいち納得できない顔で、さきがいいならいいけど、とつぶやいた。そりゃそうだ。おのちんからしたら、口止め料がこれなんて、逆の意味で割に合わないんじゃないかと思うだろう。

『お姉さんの部屋に、もう一回入れてほしい』

それが、あたしがおのちんに要求した「口止め料」だ。おのちんはお金でも請求されると思っていたのか、ひどく拍子抜けした様子だった。この約束に何か裏があるんじゃないかと、あたしを疑っている。そんなもの、あるはずがない。

あたしがこの取引にのった理由。正直言うと、あたしにもよくわからない。もっともらしい理由は色々思い浮かぶけど、本当のところは単純で、あの手紙で大人への口止めを図るでもなく、まっさきに琴ちゃんの名前を出してきたおのちんが、少し憎らしくなったからかもしれない。

おのちんが部屋の扉を押し開けた。今は使われていないその部屋は、少しだけ埃《ほこり》っぽい。おのちんが、相変わらず目にうるさい、とつぶやくのが聞こえた。たしかにぱっと目に入ってくるのは、ガチャガチャとした統一感のない色味だ。

うちのお姉ちゃんの部屋、ヤバいんだよね。

確かにその部屋は、ヤバかった。もの、もの、もので溢《あふ》れ返っている。お姉さんが家を出ていく時に残していったというアニメのフィギュアや壁一面に貼られたポスター、漫画やDVDコレクションがこれでもかという程詰め込まれ、ちょっと探しただけじゃ足の踏み場もない。

「私、一応外で見張りしてる。好きに使っていいよ。……その、あれも」

おのちんはそう言って、部屋の隅にある一角に視線を送ると、じゃあ、と言って部屋を出ていった。おのちんを見送った後、ものを踏みつぶさないよう慎重に足場を見つけながら、なんとかその場所まで辿《たど》り着いた。深呼吸して、クローゼットの取っ手に指を掛ける。開いた瞬間、初めてここに辿り着いた時と同じ、言葉にできないほどの充足感で胸がいっぱいになった。

『クローゼットの衣装、着させて欲しいの』

その扉の内側は、見知った月ランのキャラクターの衣装はもちろん、他のアニメキャラのものもあったし、溺れるほどのフリルで彩られたロリィタ衣装、チャイナドレス、執事服や見たことのない柄の和服まで、肌を守ることや寒さを凌《しの》ぐことだけが目的じゃない、特別な服で溢れ返っていた。ここにある衣装は、どれもお姉さんの手作りらしい。

数多有る服の中から、選ぶ衣装はすでに決まっていた。着ていた洋服を脱ぎ、迷わずそれを手に取る。試しに前にあてがってみると、奇跡的に服のサイズは合っていた。初めて、背が伸びるのも悪くないと思えた。細身のパンツに穿《は》き替え、肩章のついたジャケットの上からマントを羽織って、仕上げにカツラを被った。こればっかりは、鏡を見てみないとわからない。

勇気を出して、クローゼットの横に立て掛けられた姿見を覗き込んだ。うっすら閉じていた瞼を、ゆっくりと開いていく。鏡の中でぼやけていたシルエットが次第に、はっきりとした像を結ぶのがわかった。

何度か瞬きをして焦点を合わせると、そこに映っていたのは、もうあたしじゃなかった。青い軍服に身を包んだ、どこか影のある青年。いちばん内側のシャツ以外は、ジャケットもパンツもすべて青系の色で統一されている。鮮やかな水色の髪の毛は、今は滅亡した月の住人の末裔《まつえい》である証《あかし》。暁ノエル。それがあたしの――いや、僕の名前。

月ランのアニメの中で、ノエルのこんな台詞がある。あたしがいちばん好きなシーンだ。裏切り者と謗《そし》られ、一度はスバル達のもとを離れたノエルが、実は組織のダブルスパイだったことが発覚し、改めてスバル達のもとに迎え入れられる場面だ。

『ずっと、裏切り者と呼ばれて生きてきたんだ。自分でも、それを受け入れてきた。だって、その通りなんだ。僕は今まで、僕自身を裏切っていた。でも、これからはもうそんな必要はない。君に出会えて、僕はやっと本当の自分になれた気がする』

その日、おのちんの家からマンションに帰ると、むせかえるようなチョコレートの匂いに思わず顔をしかめた。

「ママ、またなんか作ってる?」

そう言って台所を覗くと、ママが大量の洗い物を片づけていた。

「あら、おかえり。今ちょうどカヌレが焼き上がったとこ。ほんとはひと晩置きたいんだけど。夕食の後、さきも食べるでしょ」

あたしいいや、と首を振ると、嘘でしょ、せっかく焼いたのに、と言ってママが口を尖らせた。作業台を一瞥《いちべつ》すると、一口大の型で焼かれたチョコレートカヌレがずらりと並べられ、冷やされているところだった。なんだか、お菓子からも責められているみたいな気分になる。

「……わかった。お腹空いたら、食べるから」

「そう? じゃあさきの分は別に分けておくね、残りはお隣さんにも配らなきゃ」

人付き合いの苦手なママが、円滑なご近所付き合いのために苦肉の策でひねり出したのが、このお菓子配りだった。でもここだけの話、その作戦は周囲から迷惑がられ始めている。この前なんて、犬の散歩に出かけるところだったらしいお隣の鈴木《すずき》さんから、わざわざ釘《くぎ》を刺されてしまった。

『気持ちはうれしいんだけど、私ももうこの歳《とし》でしょ。一人じゃ食べきれないのよ。次は遠慮したいって、お母さんに言っておいてくれる?』

申し訳なさそうな口ぶりだったけど、頼むわよ、という圧も感じた。でも、子どものあたしに言われても困る。ママに直接言えばいいのに。心の中でそう思ったのが、伝わったのだろうか。鈴木さんの愛犬マロンが敵意を剝《む》き出しにして、あたしを睨みつけながらぐるぐるずっと唸《うな》っていた。こういう奴《やつ》がいるから、犬はそんなに得意じゃない。

「あれ、パパは？」

「え？」

「朝、今日はパパ帰ってくるって言ってなかったっけ」

ああ、と頷いたママが一瞬だけ目を泳がせて、なんか急に出張入っちゃったんだって、と笑った。出しっぱなしにした蛇口の水が、じゃあじゃあと音を立てながらシンクを叩く。あたしはその音を聞きながら、そっか、とだけ答えた。

パパが家にいないのは、今に始まったことじゃない。あたしはこの半年、家でパパの顔を見てないし、パパが今何の仕事をしているのかも知らない。パパが最後にこのテーブルに座っているのを見たのは、いつだろう。

『ねえさき、ママ達が離婚するって言ったら、どう思う？』

ママは時々あたしに、こんなことを言う。あたしの反応を試すみたいに。

『もしもだよ、もしもの話。全然そんな話出てないから、安心して』

テレビで母子家庭がどうのというニュースを見た時もそうだ。中途半端な時期に名前が変わったんじゃかわいそうだよね。せめて、成人するまで待てなかったの？　振り回されるのは、子どもなのに。さきもそう思うでしょう？

正直言って、あたしはママ達の離婚が嫌だってわけじゃない。もうそういう年でもないし。ただ、ママとパパが別れたらあたしの生活はどうなるんだろう、とは思う。高校は？　大学は？　ママは働いたりとかできる人なんだろうか。あたしの知っているママはお手本のような専業主婦で、趣味は半年と続かないカルチャー教室に通うこと。そんなママがばりばり働くなんて、あんまりイメージが湧かない。きっとママ自身もそう思っていて、だからあたしに背中を押してほしいんだと思う。全然いいよ、あたしがママを支えるし。ママのしたいようにしたらいい。

それがわかっているからこそ、あたしはママの質問にこう答えてしまう。

『やっぱりパパがいないとさみしいよ。家族は揃ってる方がいいじゃん』

本当はそんなこと、思ってないのに。ママはいつもそれを聞いて、ショックを受けたような、ちょっと安心したような変な顔をして、そうだよね、と目を伏せる。

ママは、矛盾してる。パパと別れたいのも、別れたくないのも、そして離婚した親の子どもがかわいそうだと思ってるのも、家族が揃ってる方がいいと思ってるのも、全部ママ自身のはずだ。でも、それを認める勇気がないから、離婚できないのはあたしがいるからってことにして、自分の気持ちを誤魔化してる。そうすれば、どっちの自分も肯定できるから。ママは嘘を吐くなとあたしに言うけど、ママだって十分嘘吐きだ。

「依子ちゃんは？」

夕食の途中、何気ないママの言葉にむせて、口の中のものを戻しそうになった。

「え、何」

「だから、依子ちゃんは誘わないの。来月さきが行くっていう、その、なんとかってやつ」

何回説明しても、ママはコスプレイベントが何なのかをよくわかってない。あたしも正直、ママに理解してもらうのは諦めてる。

「……ああ。うん、まあ」

「依子ちゃんち、最近飼ってた犬が亡くなったんだって」

「えっ」

まさか、トトが。そういえば、と思い出す。トトはあたし達と同い年だったはずだ。いつそういうことがあってもおかしくない。それと同時に、トト、トト、とまるで本当の姉弟のようにトトの名前を呼んでいた依子の顔が浮かんで、苦い気持ちになった。

「依子ちゃんのお父さんが、保護者会で言ってた。依子ちゃん、随分落ち込んでるみたいだって。今度うちに遊びに誘ってみたら？　最近来てないじゃないの」

うーん、と答えを濁していると、ママがどうしたの、と眉をひそめた。

「さき、もしかして依子ちゃんと喧嘩《けんか》してるの？」

「違うよ。そういうんじゃなくて」

ママにも伝わるような当たり障りのない言葉を選ぶのに、苦労する。

「なんていうか、依子とはもうグループが違うから。クラスも別れちゃったし。いきなりこっちのグループに呼んだって、知らない人ばっかりで依子も困っちゃうと思うし」

ふうん、と頷いたママは、やっぱりよくわかってないみたいだった。そのことを誤魔化すみたいに、なんでもいいけど友達は大切にしなさいよ、と言って、済んだ食器を片づけだした。

友達友達言うわりに、あたしはママが家族以外の誰かと遊びに行ったり、電話しているところを見たことがない。多分、ママには友達がいないのだ。あたしの友人関係を自分のことのように心配するのも、あたしがいずれ、自分と同じようになるんじゃないかと怯えてるからだと思う。

ねえ、ママ。みんなで仲良く、なんてそれこそ嘘だ。昔、世界平和を歌った有名なミュージシャンは、バンド仲間と喧嘩別れしたあげく、自分のファンに殺されてしまったんだって。そんな言葉がすぐそこまで出かかって、でもやっぱり、ママには言えなかった。

「……うん、わかった。次の土日、家に呼んでみる」

あたしはそう答えて、ごちそうさま、と席を立った。リビングを出る直前、すっかり冷めたカヌレが目に入り、気まぐれにひとつだけ口に放り込んだ。さくりと音がして、まだ柔らかな生地の中身が口の中でほどける。ブランデーの、腐る直前の果物みたいな香りが鼻を抜け、溶けたチョコレートが舌の上にじゅわりと広がった。

依子は出会った時から夢みがちで、ちょっと変わった女の子だった。ホームルームの自己紹介で、持ち時間をまるまる使って飼っている犬の話をしたり、先生から配られた生活調査票の家族の欄に、いもしない弟の名前を書いて再提出を食らったり、みんなで育てていたアサガオの苗をクラスで一人だけ枯らして、泣いてしまうような子。

『昨日ね、トトが私を慰めてくれたの。トトが言うには、意地悪な猫が私の朝顔にだけ、自分のおしっこを引っかけて行ったんじゃないかって。だから、依子のせいじゃない。悪いのは、その野良猫なんだからって……』

ふつうの人なら自分の空想と現実の境目ははっきりしてるけど、依子の中でそのふたつは曖昧だ。水に垂らした二色の絵の具が、いつからか溶けて混ざり合うように。あっという間にふたつの区別が付かなくなってしまう。

依子を見ていて、気づいたことがある。この世には、自分を騙せる嘘と騙せない嘘があるのだということ。依子が吐いているのは前者で、あたしは後者だ。どっちが幸せかと聞かれたら、そりゃあ自分を騙せる方がいいに決まってる。そしたらその嘘は、嘘じゃなくなる。嘘とわかって嘘を吐くのは、すごく苦しい。

嘘を吐かなきゃならない時って大抵ヤバくて、それがバレたらなおのことヤバい。でも、もしこの嘘を吐き通せたら、どっちの「ヤバい」からも逃げおおせることができる。だからあたしは、万が一の「もしも」に賭けたくなってしまう。

あたしが嘘を吐いてしまうのは結局のところ、ありのままのあたしが世界にうまくハマっていない、これに尽きる気がする。世界は頑固で、融通が利かない。だからあたしは、自分が世界のサイズに対してちょっとだけ足りなかったりはみ出している部分を、自分の嘘で埋めたり、あるいは削ったりして、どうにか帳尻を合わせて生きている。

「……ねえさき、ほんとにやるの?」

おのちんはまだ迷っているらしく、浮かない表情であたしを見つめた。

「当たり前じゃん」

そう言って校門の柵に手を掛けると、頑丈な門扉がぎしりと軋《きし》むような音を立てた。中に入り、偵察がてら校庭を見回す。ほとんど陽《ひ》が落ちているせいで、学校に残っている生徒は少ない。やるなら、今だ。

あれ以来、あたしはちょくちょくおのちんの家にお邪魔させてもらっている。学校では何食わぬ顔で琴ちゃんと月ランの話題で盛り上がり、おのちんの部活が休みの日を狙って、お姉さんの部屋に入らせてもらう。あたしは最近、自分のお小遣いでブルーのカラーコンタクトを買った。少しでも、本物のノエルと自分を近づけられるように。

いつものように着替えを終えて、お姉さんの部屋から出ると、おのちんから突然こんなことを聞かれた。

『コスプレって何が楽しいの?』

黙り込んだあたしを見て、おのちんは慌てたように『別に、つまんなそうとか言いたいわけじゃなくて』と手を横に振った。

『ただ、なんていうか。私はそういうの、考えたこともなかったから。お姉ちゃんにも聞いたことなくて。だから、純粋な興味。やっぱり、別人みたいになれるから?』

おのちんの言ったそれは、半分当たっているけど半分違う。

『別人、っていうのは違うかな。どっちかっていうと、その』

やっと本当の自分になれた気がする。

口にしてから、はっとした。こんなこと、おのちんに言ったってわかってもらえるはずがない。急に自分が恥ずかしくなり、言い訳を重ねようとした矢先、おのちんがこくりと頷いた。

『うん。それならなんとなく、わかる気がする』

無理をしたわけでも、あたしに話を合わせたわけでもなく、心からそう言ってくれているのがわかった。照れたのか、へへ、と言っておのちんが笑う。だからあたしも、聞いてみた。

『ねえ、おのちん』

『うん?』

『なんであの時、濱中さんのネックレス盗ったの』

その瞬間、おのちんの顔から表情が消えた。

『言いたくなかったら、別にいいけど』

おのちんはあたしの顔を見つめたままきゅっと目尻に皺を寄せ、吐き出すようにそれを口にした。

『何かを盗ろうと思ったことなんて、一度もなかった』

おのちんは先回りするように、信じてもらえないと思うけど、と断りを入れて、でも本当だよ、と言って笑った。

『いつだって、返そうと思ってる。これは今だけ、ちょっと借りるだけ。あのネックレスだってそう。たまたま、あの教室に落ちてるのを見つけて。ほんの少しだけ借りて、あとで先生に届けようって。そしたら、あんな騒ぎになっちゃった。濱中さんに今言おう、言わなくちゃって。でも、いつのまにかそれは叶わなくなってる』

琴ちゃんのリップクリームも? 喉まで出かかったその言葉を、なんとか呑み込む。それからしばらくして、おのちんがぽつりとつぶやいた。

『今まで盗ったものの中で、欲しいものなんて、ひとつもなかった』

『……それ、わかる気がする』

あたしの言葉におのちんが、え、と顔を上げる。

『あたしも、嘘を吐きたいなんて思ったこと一度もないもん』

あたしはおのちんのことを何も知らない。おのちんがいつからこんなことをしているのかも、他人のものを盗ってしまう本当の理由も、いつになったらそれがやめられるのかも。おのちんはこれからも、嘘を吐き続けていくのかもしれない。返すつもりだったネックレス。本当は吐きたくなかった嘘。この二つは、ちょっとだけ似ている気がした。

『……返しにいこうよ』

『え?』

『濱中さんのネックレス。返しにいこうよ。返すつもりだった、って。あたし、信じるから。その言葉、今から本当にしにいこうよ』

ここだ、と言っておのちんが足を止めた。昇降口の蛍光灯は、ぱちぱちと不安定な点滅を繰り返している。ずらりと並んだ下駄箱の棚のいちばん右端、上から二段目に、濱中亜梨沙、の名札を見つけた。中を覗くと、内履き以外に靴は入っていない。濱中さんはすでに帰ったみたいだ。

「早く入れちゃお。誰か来るかもしれないし」

「……ほんとにこれで、いいのかな」

おのちんはさっきから、煮え切らない態度を見せてばかりいる。ここまで来て、まだ何か迷ってるんだろうか。今更、他に方法なんてないじゃないか。まさか馬鹿正直に、盗んだものを返しにきました、と言うわけにもいかないし。

『なら、濱中さんの机とかそういうところに置いて来ようよ。そしたら探し物が見つかった、で済むかも』

これがいちばん、波風の立たない方法だと思う。おのちんの言ったことを、本当にするために。あたしがやろうか、と手を差し出すと、おのちんが首を振った。

「さき、やっぱり私——」

「なにやってんの?」

とその時、背後から聞き覚えのある声がした。咄嗟に、おのちんと顔を見合わせる。

「そこ、あたしの下駄箱なんだけど」

まさか、そんな。恐る恐る振り返ると、そこに立っていたのは濱中さん、だった。足元を見ると、校庭からやって来たらしくスニーカーを履いている。帰ったんじゃなかったのか。

「えっ、それ」

濱中さんが何かに気づき、ぎょっとしたような声を上げた。まずい、と思った時にはもう遅かった。おのちんの手元にぶらさがっているものが何なのか、理解したらしい濱中さんの表情が、みるみる変わっていく。見つかってしまった。

「あの、私」

声を上げたのは、おのちんだった。えっと、その、これは。言葉にならない言葉を口にしようとしていた。そうしている間にも、濱中さんはこちらに近づいてくる。般若のような形相で。ごめんなさい、とおのちんが口を開きかけたその時、あたしは咄嗟におのちんの手からネックレスを奪い取っていた。

「落ちてたよ」

この状況には不似合いな明るい声に、え、という顔でおのちんがあたしの顔を振り返った。

「これ、そうだよね。濱中さんのネックレス。この前の健康診断の時、探してたでしょ。覚えてる？　ちょっとだけ話したよね。あたし達、今部活終わりなんだけど。さっき偶然、廊下でこのネックレス見つけて。あ、これ濱中さんが言ってたやつじゃんってなって。で、返したかったんだけど、ここなら名前もわかるしって」

べらべらと喋りまくるあたしを、おのちんと濱中さんが口を開けたまま見つめていた。自分でもよくこんなにすらすらと嘘を並べられるなと思う。まるで、最初から用意していたみたいだ。

「だからその、これ。見つかってよかったね」

長い長い沈黙が流れ、濱中さんがようやく口を開いた。

「……神じゃん」

「え？」

ほんっとにありがとう。濱中さんはそう言って、躊躇《ちゅうちょ》なくあたし達の手を握った。

「落ちてたって、マジで？　え、どこ？　そこに落ちてたの？　全然気づかなかった。これ、ずっと探してたんだよね。今も校舎の周り、探してて。このまま見つからなかったらどうしようかと思ってた。ほんとにありがと。ていうか、ヤバ。めちゃくちゃいい人達じゃん。えっと、なんだっけ」

「あ、緒川……」

「小野、です」

「緒川さん、小野さんね。覚えとく。ほんっっとにありがと。この恩は一生忘れないから」

それだけ言うと、濱中さんは今まで見たこともないようなえびす顔とともに、あたし達のもとを去って行った。何度も何度も御礼の言葉を口にして。誰もいなくなった昇降口に、下校を促すアナウンスが響き渡る。

「えっと、その」

「……濱中さん、実はいい人？」

あたしの言葉に、おのちんはぶっと噴き出した。それまでの緊張も相まって、しばらくの間二人とも、笑いが止まらなかった。笑って笑ってそれがようやく落ち着いた頃、おのちんがぽつりとつぶやいた。

「濱中さん、こんな遅くまで探してたんだ」

その言葉に、はっとする。

「これでよかった、……のかなあ」

そう言って顔を曇らせたおのちんを、よくないわけないじゃん、と励ました。それでもおのちんの表情は、晴れない。

「いいんだよ、これで。だって、誰も傷ついてないし」

たまには、いじめられっこの嘘も役に立ったでしょ？　そう言ってにやりと笑うと、おのちんは一瞬だけ目を丸くして、それから「あの時、ごめん」と頭を下げた。

「え。何、急に」

「多分さきがいちばん言われたくないこと、言ったから」

ほんとに、ごめん。おのちんが、もう一度しっかりと頭を下げた。お互い様でしょ、と憎まれ口を返すと、おのちんは「確かにね」と言ってようやく笑みを見せた。辛気臭いのはいやだから、これくらいが丁度よかった。

その日の帰り道、おのちんがかしこまった口調で、あのさ、と話しかけてきた。

「お姉ちゃんにさきの話したら、今度のイベントさきもやってみないかって。その、出る側として」

「え」

「うん。お姉ちゃんの衣装を着て、ってこと」

おのちんはもじもじと下を向いて、もちろん嫌だったら全然断ってもいいし、と付け加えた。

「ううん。あたし、やりたい。やらせて、ください」

あたしがそう答えるのをわかっていたのか、おのちんは「よし、そうこなくっちゃ」と言って、それからすぐお姉さんにオーケーの返事を送ってくれた。その姿を見てなんとなく、なんとなくだけど。おのちんが無理を言ってお姉さんに交渉してくれたんじゃないかって、そんな気がした。

これから忙しくなりそうだね。

そう言って、おのちんがくるりとこちらを振り返った。夜道を照らす外灯の下で、ほどよく手入れされたおのちんの髪の毛が、天使の輪っかみたいにきらりと光った。

「さき、待って。わたしも一緒行く」

休み時間にトイレに立とうとすると、琴ちゃんが珍しくあたしの後をついてきた。その日の話題はいつもと変わらず、月ランの最新話がどうした、テストがどうしたっていうとりとめのないものだったけど、あたしはその時少し緊張していた。琴ちゃんとこうして二人きりになるのは、久しぶりだったから。

トイレから出てすぐ、琴ちゃんが手を洗いながら、ねえねえ、と興奮したようにあたしを肘で小突いてきた。

「びっくりした。さっきの」

え、と顔を上げると、琴ちゃんは周りの目を気にしてか、口の動きだけで「コスプレ」と伝えてきた。

「……ごめん。隠すつもりはなかったんだけど」

なんで謝るの、と言って、琴ちゃんが笑う。

コスプレイベントは、ついに今週末に迫っていた。ついさっき琴ちゃんに、その会場であたしがコスプレデビューすることを伝えた。イベントには琴ちゃんも来るから、いつかは話さなくちゃいけない、というのはずっと頭の隅にあったのに。結局今日まで先延ばしにしてしまっていた。琴ちゃんの反応は予想通り明るいものだったけど（すごいとか、がんばってねとか、わたし応援するとか）、あたしの中にはなんとなく、しこりが残った。というのも、このところ打ち合わせと称しておのちんとばかり遊んでいたことや、会話の流れで琴ちゃんを置いてきぼりにしてしまうことが増えていたから。

「優花とさき、最近仲良いもんね。よく二人で喋ってるし」

琴ちゃんの言葉にどう返したものか、わからない。ごめんと言えばいいのか、開き直ればいいのか。なんともいえない居心地の悪さを感じる一方、正直に言うとほんの少しだけ、琴ちゃんに優越感を抱いている自分がいた。

琴ちゃんは結局その後も、「最近仲良い」のその先を追及してこようとはしなかった。最近何があったの？　二人がこそこそ喋ってるのはなんで？　なんでいきなりコスプレなんてしようと思ったの？　もちろん、聞かれたところでうまく答えられる自信はないのだけど。

すると、琴ちゃんが蛇口の水を止め、タオルハンカチで手を拭きながら、そういえばさ、と顔を上げた。

「さっき優花から聞いたんだけど。舞香《まいか》さん、来るんでしょ。じゃあ当日は、さきのメイクとかもしてくれるってこと？」

聞きなれない名前に誰のことかわからず、眉をひそめる。すると琴ちゃんは「あれ、優花から聞いてない？」と首を傾げた。

「優花のお姉さんの名前」

そう言われて、おのちんのお姉さんの部屋の扉に掛かっていたネームプレートのことを思い出す。たしかにそこには、ＭＡＩＫＡ、とあった。あたしがアルファベットの文字列としか認識できていない人のことを、琴ちゃんは生身の人間として知っている。琴ちゃんがおのちんのお姉さんを名前で呼んでいるのを、あたしはその時初めて聞いた。その声には、家族や親せきに呼びかけるのにも似た気安さのようなものがあった。

黙りこんだあたしをよそに、琴ちゃんがため息まじりに「舞香さん、もう家には戻ってこないのかな」とつぶやいた。その言い方に、え、と顔を上げる。

「おのちんのお姉さんって、結婚してるんじゃなかったっけ」

「……優花がそう言ってた?」

聞き返されて、逆に戸惑った。あれ、違うっけ、と首を捻りながら記憶を探る。

「ごめん、あたしが勝手に思い込んでただけかも。なんか前に、一緒に暮らしてる人がいるって聞いたから」

すると琴ちゃんが、あー、まあそうなんだけど、と言葉を濁した。つい口を滑らせた、という顔だった。辺りに誰もいないことを確認してから、「これわたしから聞いたって内緒ね」と声を潜める。

「ここだけの話、舞香さんって、親から勘当されてるんだよね」

「えっ」

琴ちゃんが、しいっと唇に人差し指を当てる。

「優花のお父さん、実はすっごい厳しい人でさ。子どもの頃、舞香さんにめちゃくちゃ期待してたんだよね。入る高校も大学も、全部お父さんが決めてたんだって。それこそ、成績がよくないと手を上げたりとか、門限破ったらひと晩中家の中に入れなかったりとか。昔はもっとすごかったみたい」

それを聞いてあたしは、おのちんの家で一度だけ会ったお父さんの顔を必死で頭に思い浮かべようとした。でも、今聞いた内容と記憶の中のやさしげな面持ちは相容《い》れず、何回やり直してもうまく一致させることができない。

「それで舞香さん、ある日突然爆発しちゃって。せっかく入学できた大学も途中から行けなくなって、最後はお父さんが紹介してくれた会社を勝手に退職しちゃったんだって」

「そのままネットかなんかで知り合った人の家に転がり込んで、同棲《どうせい》始めて。そこから一回も家に帰ってないっぽい」

「だから今、優花が舞香さんの分もお父さんの期待を背負ってる。そんな必要ないのに。わたし、心配なんだよね。優花は性格的に、舞香さんみたいにはできないと思うから」

そんなことがあってから、おのちんの両親と舞香さんはほぼ絶縁状態となっているらしい。

そんな中、家族で唯一舞香さんと連絡を取り合っているのは、他でもないおのちんだという。

「もちろん優花は舞香さんと仲良いし、舞香さんも優花のことはかわいがってる。でもまあ、色々複雑みたい」

それを聞いて、趣味の合うお姉ちゃんが欲しい、とあたしが言った時、そんなにいいもんじゃないよ、と言って複雑な表情を見せたおのちんのことを思い出した。

「優花、ああ見えてけっこう不器用だから。あんまり弱音とか吐かないけど、家のこともあってほんとは無理してると思うんだ。だから、さきみたいな人がいてくれてよかった」

だからこれからも、優花のことをよろしくね。琴ちゃんはそう言うと、ぱっと顔を背けて、んー、と無意味に伸びをしてみせた。自分で言って、自分で恥ずかしくなったらしい。

「わたし、先に戻ろっかな」

ポーチから取り出しかけていたハンドクリームを中に戻して、バタバタとトイレを後にする。

「あ、さき。今の、優花にはオフレコで」

そう言ってくるりとスカートを翻した琴ちゃんの後ろ姿が、なんだかまぶしく見えて仕方なかった。

あたしは結局、その日、また嘘を吐いた。

トイレから戻ると、おのちんが「さき、遅い」と言って唇を尖らせた。

「ねえさき。今琴子と話してたんだけど、今日帰りにどっか寄ってかない?」

すでに教室に戻っていた琴ちゃんが、トイレでの出来事などなかったかのような笑顔で、あたしに向かって笑いかけた。

「優花も今日部活休もうかなって」

「ね、行こうよ。イベントの当日のこと、話したいし」

「あ、わたしもそれ聞きたい。そしたらさ、待ち合わせ時間とかも一緒に決めて――」

「ごめん」

ほとんど割り込むようにして、琴ちゃんの台詞を遮った。

「あたし今日の授業終わり、他の子と一緒に帰るから。前のクラスの、友達と」

一方的にそう告げて、くるりと背を向けた。そのまま自分の席に座ったあたしを、おのちんも琴ちゃんも、ぽかんとした顔で見つめている。でもあたしは、それから授業が始まるまで一度も二人の方を振り返らなかった。

『……じゃあさ、じゃあその、提案なんだけど。今度の月曜日、その、一緒に帰らない？』

うちの玄関で、懇願するようにその約束をとりつけてきた依子の顔を思い出した。そうだ、先々週だけど、あたしは依子と約束した。だからさっきのあれは、嘘じゃない。あたしは嘘なんか吐いてない。嘘吐きじゃない。でも。

こんな時だけ、依子の名前を利用するんだ。あたしの中のもう一人のあたしが、吐き捨てるようにそう言った。

いつだったか依子が、トトと一緒に宇宙人と戦っている夢を見た、と言い出したことがあった。地球の生き残りがどうとか、唯一の仲間である改造犬のトトがどうとか。依子が話す「夢の話」は、あたしが教えてあげた月ランのストーリーと、所々エピソードが被っていた。いちいち指摘する気にもなれず、適当に話を合わせていたら、依子が突然、あたしにこんなことを言った。

『……さきちゃんは、やさしいね』

その時、わかった。依子が一体、何を信じているのか。嘘は、吐きたい人とその嘘を信じたい人がいなくちゃ、この世に存在できない。依子が信じているのはあたしの吐いた嘘でも、あたし自身でもなく、依子の中にいる理想の「さきちゃん」だ。

何かを妄信的に信じるということと、自分を騙すことの違いはどこにあるのだろう。あたしは嘘吐きだ。でも依子も、あたしと同じくらい嘘吐きだ。だからあたし達は、自分の嘘を相手に信じてもらうことと引き換えに、相手の嘘を信じることができる。

それからというもの、依子はことあるごとにその台詞を口にした。さきちゃんはやさしい。さきちゃんみたいな人に初めて会った。さきちゃんと友達になれて、よかった。依子がそう言ってくれるから、あたしは次第に、自分が本当はやさしい人間なんじゃないかと思うようになった。あたしは依子の前でだけ、なりたいあたしになることができる。理想のあたしを演じることができる。やさしいさきちゃん。強くて、格好いいさきちゃん。依子のあこがれのさきちゃん。

でもそれが、ずっとなりたかった「本当のあたし」だったのかはわからない。


「さき！」

イベント会場を出てすぐ、おのちんに後ろから腕をつかまれた。振りほどこうとしても、なかなか放してくれない。仕方なく、ずるずると項垂《うなだ》れるようにその場に腰を下ろした。それを見て安心したのか、ようやくおのちんの手の力が緩む。

「今、他の人から聞いた」

辺りに人気《ひとけ》はなく、近くにいた警備員らしきおじさんは慣れているのか、コスプレ衣装を身に着けたあたしを見つけても一瞥しただけで何も言わなかった。

つかまれていなかったもう片方の手が、まだじんじんと熱を持っているのがわかった。グーパーを繰り返すと、少し痺《しび》れがある。あたしは今日、生まれて初めて人を殴った。同い年の、元クラスメイトの、かつて親友だったはずの女の子の顔を。

「……何があったの？」

そんなの、自分でもよくわからない。無防備にこの場所に姿をさらした依子を目にしたら、たまらなく憎らしくなった。怒鳴りつけたい、口汚く罵りたい、めためたに切りつけてやりたい。そんな衝動にかられ、なんでもいいから自分の手で傷つけたくなってしまった。黙っていると、おのちんがそのまま、すとんと隣に腰を下ろした。おのちんは、どこまで事情を知っているんだろう。いっそのこと、全部見られていた方が気楽だった。

「会場、戻ろうよ」

おのちんにそう言われて、ぶんぶんと首を振る。

「戻ろうって」

関係ないじゃん。ぴしゃりと言い返すと、おのちんは黙り込んだ。でも少しして、意を決したように口を開く。

「戻ろう。だってあの子、友達なんでしょう？　何があったか知らないけど――」

「だから、おのちんには関係ないって」

「関係あるよ。さきも、私の友達だから」

その言葉を聞いた瞬間、頭の中に張り巡らされたいくつかの回路がばつんと音を立てて弾け、ちぎれていったような気がした。

「友達？」

口に出したそばから、乾いたような笑みがこぼれた。

「あたしって、おのちんの友達なんだ」

「……そうだよ」

ふーん、とつぶやく。まるで自分の声じゃないみたいな、つまらなそうな言い方だった。どんなにあたしの態度が悪くても、おのちんはあたしと向き合うことをやめなかった。今も、まっすぐあたしを見つめている。自分の誠意が踏みつけにされるなんて、これっぽっちも想像していないような顔で。

「でもあたし、言ったよ」

あたしの言葉に、え、とおのちんが首を傾げる。

「言ったよ、琴ちゃんに。おのちんが琴ちゃんの大事にしてるリップクリーム、盗んだこと」

その瞬間、面白いようにおのちんの顔色が変わった。

「琴ちゃんって、嘘吐きだよね。あたしなんかより、よっぽど。全部知ってて、なんにも知らない顔するんだもん」

おのちんの唇が真っ青に染まり、ぶるぶると震え出した。それでもおのちんは、あたしを非難する言葉を口にしようとはしなかった。

「これでもあたしのこと、友達だなんて言える？」

約束守れなくて、ごめんね。心の中でそうつぶやいて、あたしはおのちんの反応を待たずに会場から飛び出した。視界の端で、おのちんが糸の切れた凧《たこ》のように、へなへなと床に崩れ落ちるのがわかった。

『琴ちゃん！』

琴ちゃんからおのちんの家の事情を聞いたあの日、あたしは、一度はその場を立ち去りかけた琴ちゃんを引き止めた。

『何？』

次の瞬間、あたしはそれまで絶対に口にしまいと誓っていたはずのその言葉を、琴ちゃんの前であっさり口にした。うっすらと、頰に笑みさえ貼り付けて。

『琴ちゃんが前持ってたリップクリーム、あれどうしたの？　最近使ってなくない？』

すると、琴ちゃんはちょっと困ったような顔で、こう答えた。

『ああ。あれね、なくしちゃった』

お小遣い貯めて、次のやつ買わなきゃだよ。まるで自分の失敗か何かのように、なんでもない口調で答えるから、余計止まらなくなってしまった。

『琴ちゃん。あたし、見たよ』

あたしの言葉に、琴ちゃんが眉をひそめる。

『あたし、見ちゃったの。琴ちゃんが大事にしてたリップクリーム。おのちんが、同じもの持ってたの』

あたしは、見てみたかった。これ以上ないほどの友情で結ばれた二人が、きちんと壊れる様を。そして、二人に証明してほしかった。何にも傷つけがたい、何にも壊されることのないたしかなものなんて、この世に存在しないんだということを。

『こんなこと言いたくないけど、おのちんって、その』

その先を言いあぐねた次の瞬間、琴ちゃんはあたしが予想もしていなかった言葉を口にした。

『うん、知ってるよ』

『……え？』

『小学校の時からずっと一緒だもん。優花のことならなんでも知ってる』

でもさ、と琴ちゃんが首を振った。

『でもそれ、昔の話でしょ？　優花、わたしにもうやらないって約束してくれたから。わたしは優花のこと、信じてる』

きっぱりとそう言い切った琴ちゃんは、少しも濁りのない目をしていた。

『あ、いや。昔がどうとか、そういう話じゃなくて』

しどろもどろになったあたしを、琴ちゃんは有無を言わさぬ口調で遮った。明確な意思を持って、あたしがそれ以上喋ろうとするのを拒否した。

『それにあのリップクリームは、わたしが優花にあげたの。お揃いで使おうって』

『え』

その瞬間、おのちんが今まで「琴ちゃんのものを盗んだ」という事実だけは頑《かたく》なに否定していたことを思い出した。

『って言ったら、信じてくれる？』

琴ちゃんはそう言って、くすりと笑った。やっぱりわたし、先に教室戻ってるね。そう言って、琴ちゃんは踵を返した。話は終わり、というように。そしてそれ以降、あたしやおのちんの前で、その話をすることはなかった。

　派手なコスプレ衣装を身に纏《まと》い、ボロボロのメイクでマンションの廊下を歩くあたしを、すれ違う住人達は奇異の目で見つめていた。お出かけから帰ってきたらしい家族連れや、夕食の買い物に出かける若いカップル。あからさまに目を逸らされることもあれば、変質者か何かと勘違いしているような人もいた。でももう、そんなことどうだっていい。

　玄関の扉を開けてリビングに入ると、明かりのついていない薄暗がりの部屋で、ママが一人、ぼんやりと宙を見つめていた。

「……さき?」

　こちらを振り向いたママの頬が、微《かす》かに濡れている。

「ごめんね、まだご飯の準備できてなくて。そうだ、冷蔵庫の中何にもないんだった。買い物行かなくちゃ」

　あたしの格好に、気づく余裕もないらしい。

「それとも、どうする? 久しぶりにピザでも取ろうか。この前入ってたチラシ、どこにやったっけ。ねえさき、覚えてる?」

　ママ、パパと離婚しなよ。

　そんな言葉が頭に浮かび、一瞬喉まで出かかった。ねえママ、もういいじゃん。パパなんていなくたって、きっと大丈夫。あたし達だけでも、どうにかなるよ。どうにか、やっていこうよ――。それは、あたしがずっとママにかけてあげたかった言葉だった。ママがこれ以上、自分に嘘を吐かなくてもいいように。こんな薄暗いところで、ひとりで泣かなくてもいいように。

「さき?」

なんでもない、と答えた自分の声が、まるで他人事《ひとごと》のようにリビングに響いた。

「ご飯、いらない。入ってこないで」

あたしの背中を、さき、さき、とママの声が追いかけてくる。その声を振り切るように部屋に駆け込み、乱暴にドアを閉めた。嗚咽《おえつ》がこみ上げ、あたしは必死でそれをこらえた。またひとつ、あたしはあたしが嫌いになった。

壁のスイッチに手を触れると、少し遅れて部屋の明かりがついた。天井のフェードライトから広がったオレンジ色の光が、姿見の前に立ったあたしの姿をじんわりと照らし出す。アイラインは取れて下瞼にべっとりとこびりつき、付け睫毛《まつげ》がほとんど取れかけている。分厚く塗ったファンデーションは土台から溶けて、せっかく隠したニキビ痕が姿を現し、もう目も当てられない。水色のウィッグはコントのカツラみたいにずり上がって、生え際から地毛が覗いていた。でも、それは間違いなくあたしだった。不完全で、つぎはぎだらけで、そのくせ目だけはギラギラとブルーに輝いた、おばけみたいな顔をしたあたしがそこにいた。

本当はわかっていた。鏡に映っているのは別人でも本物でもない、ただのあたしだった。いくら背が伸びようと、どれだけ煌《きら》びやかな衣装に身を包もうと、そこにいるのはいつだって、卑怯《ひきょう》で弱くていじわるで、友達を裏切ってばかりいる嘘吐きのあたしだった。

『わたしは優花のこと、信じてる』

あたしはあの時、正しくない、と思った。目を瞑って、相手をただ妄信し続ける友情なんて、そんなの絶対正しくない。でもそれは、あたしがずっと欲しくて欲しくてたまらないものだった。

ごしごしと涙を拭うと、目の中でコンタクトがずれるのがわかった。指をあてがい、そっとレンズに触れる。驚くほど簡単に、それは外れた。

「……服、返さなきゃ」

そうだ。メイクを落として着替えたら、きれいに服を畳んでウィッグに櫛《くし》を通そう。シャワーを浴びて一晩寝たら、明日はちゃんと学校に行く。おのちんと琴ちゃんに謝って、そして――。ああ、あたしはまだ、こんな自分を誰かに許してほしいと思っている。

『私、その、さきちゃんに会いたくて、それで――』

最後に見た依子は、蹴飛ばされた子犬のような目をしていた。あの子を蹴飛ばしたのは、あたしだ。自分勝手にあの子を切り捨て、傷つけた。どうしてあんなことを言ってしまったんだろう。どうしてあんなことをしてしまったんだろう。今はただ、依子に謝りたかった。許してくれなくたっていい。あたしを嫌いなままでいい。ごめん。ごめんね。ごめんなさい。

自分の弱さと向き合うたびに足は竦《すく》んで、胸の奥が軋むように痛んだ。それは、毎夜あたしの膝を襲う、あの骨の痛みと似ている。もしこの痛みを、乗り越えることができたなら。

あたしはもう少しだけ、強くなれるかな。

# わりきれない私達

色とりどりのバトンが、次々と視界を横切っていく。

「高橋さん」

はっとして顔を上げると、私と同じ体操着姿の女の子達が揃ってこちらを見つめていた。

「ちょっとそこ、いい？　リレー、見えなくて」

あ、ごめん、と場所をどくと、彼女達は特に気にする様子もなく、白線の向こうに視線を移した。そのうちの一人が、がんばれー、と声を上げる。合同体育の時間に行われたチーム対抗リレーも、最後にアンカーを残すのみとなっていた。団子状になった走者が我先にとゴールを競う中、ビリのチームは半周近く離されて、誰の目にも挽回《ばんかい》のチャンスはない、ように見える。開始早々、バトンの受け渡しにまごついてしまったせいだ。

「やばいね、うちのチーム」

「もう無理じゃん、これ」

チーム内にはすでに諦めムードが漂っていた。そんな中、クラスの喧騒《けんそう》から離れて、黙々と下半身のストレッチを続ける女の子がいた。ほどよく襟足が刈り込まれたベリーショートがよく似合う。見渡してみれば、そんな髪型の女の子はクラスでは伊藤さんだけだった。彼女は一人、自分がこれから走るトラックの向こうを見つめていた。彼女にしか見えない何かが、そこにあるみたいに。すると、チームメイトの一人が彼女に近づき、耳打ちを始めた。何を話しているかまでは聞こえない。

チームメイトの言葉を受けて、伊藤さんの唇が小さく、まかせて、と動くのがわかった。勇ましい台詞とは裏腹に、その顔から気負いや闘志みたいなものは感じられない。伊藤さんは校内でも有名な陸上部のエースで、春の大会では県で唯一、中距離走の記録を更新したらしい。全校朝礼では、校長先生からみんなの前で表彰されていた。そして今日も、当然のようにアンカーを任されている。

とその時、四人目の走者が息を切らしながらテイク・オーバー・ゾーンに辿り着いた。

「ひかり！」

チームのバトンが、ようやく最終走者に手渡された。次の瞬間、伊藤さんは勢いよく白線から飛び出していった。伊藤さんの足元にだけ発射台が仕掛けられているのかと思うくらい、見事なスタートダッシュだった。

右、左、右、左。

交互に差し出される足は、いつ踵《かかと》を地面につけているのかもわからないほど軽やかで、力強い。土埃を立てながら、前へ前へと進んでいく。そのたびに、ハーフパンツから伸びたすらりとした筋肉が、ばね仕掛けのおもちゃみたいにしなった。

「ひかりー！　いっけー！」

「すごい、すごい。あんなに開いてたのに」

あっという間に、ひとつ前の走者の背中を捉えた。当たり前のようにその子を抜いて、次は二人目。そして三人目。ついさっきまで最後尾にいたことなんて、嘘のようだ。ついには一位の走者と横並びになり、瞬きの間に体ひとつ分前へと踏み出す。それを見守るクラスメイト達の声援が、ますますヒートアップしていく。

ゴールまではもう数メートルもない。あと十歩、九歩、八歩、というその時、伊藤さんの体が一瞬だけ傾《かし》いだ、ように見えた。ぐらついた、という方が正しいかもしれない。私の目にはそれが、伊藤さんの足が何かにからめとられたように映った。危ない、と口に出しかけたのも束《つか》の間《ま》、伊藤さんがすんでのところで体勢を立て直した。そのまま、フィニッシュラインを駆け抜ける。それを見届けるや否や、ピイィッッ、と突き抜けるようなホイッスルの音が青空に響き渡った。

一際大きな歓声と拍手が、伊藤さんに向けられた。チームメイトから労《ねぎら》いの言葉を受けながら、伊藤さんは照れ臭そうに首を振っていた。その横顔を、ぽたぽたと汗の滴が伝う。指ですくえばそのまま飲み込んでしまえそうなほど、きれいな汗だった。

伊藤さんが顔を上げ、きょろきょろと辺りを見回した。私と目が合ったかと思うと、ふっと口角をゆるめ、こちらに手を振ってくる。それが自分に向けられた仕草であることに気づくまで、少し時間がかかった。

「……伊藤さ」

「ひかり！」

一歩足を踏み出しかけたその瞬間、私の動きを遮るように、一人のクラスメイトが目の前に立ちはだかった。

「すっごいじゃん。ごぼう抜き」

声の主は、濱中さんだった。濱中さんと伊藤さんの手が、ごく自然な流れでタッチを交わす。腕の高さからタイミングまで、すべて事前に決められていたかのような、完璧な動作だった。

「逆転ホームランだね。バトンが落ちちゃった時は、もうダメかと思った」

そう言いながら、濱中さんがこちらを一瞥するのがわかった。その視線の冷たさに、心臓がびくりと跳ねる。

バトンを落としたのは、私だ。

伊藤さんや濱中さんと同じチームに振り分けられた時から、嫌な予感はしていた。元々運動は得意じゃない上に、こういうプレッシャーにはとことん弱い。案の定バトンパスはうまくいかず、地面に転がったバトンをなんとか拾い直した時には、チームはビリになっていた。

「ごめん、私……」

でも、という言葉をなんとか呑み込んだ。私のひとつ前の走者は、濱中さんだった。彼女が私にした、放り投げるみたいなバトンパス。あの時点でチームとしてはすでに、後ろから数えた方が早かったはずだ。

「何？　言いたいことがあるならはっきり言えばいいじゃん」

濱中さんが挑発するように私を睨んだ。ますます何も言い返せなくなる。

「ちょっと、亜梨沙」

伊藤さんが濱中さんをたしなめてくれたのが唯一の救いだった。濱中さんはしばらくの間私を見つめていたものの、これ以上待っても無駄だと悟ったのか、ぷいと顔を背けた。

「ひかり、早く行こう。次の授業始まっちゃう」

そう言って、伊藤さんの腕を引っ張ろうとする。濱中さんの手足が、まるで蛇のように伊藤さんの体に絡みついているのが見えた。伊藤さんは去り際、私に向かって小さく手を合わせてくれたけど、お互い言葉を交わすまでには至らなかった。なすすべもなく、二人のシルエットが私のもとから遠ざかっていく。

「次、何？」

「数学でしょ？　だるっっ」

「体育の後の授業って眠くなるよねー」

あ、でも今週ってあれじゃん、うてっちの授業じゃん。やった、ラッキー。あたし今日質問しちゃおっかな。やめなよ、かわいそうじゃん。矢継ぎ早に交わされる機関銃のような会話が、ものすごいスピードで目の前を通り過ぎていく。でも、私のもとにそのバトンが渡ってくることはない。

気がつけば、校舎に向かうクラスメイト達の群れは自然と何人かのグループに分かれている。二人組や、三人組。みんな、どうしてこんなにきれいに分かれることができるのだろう。私はどうして、そのどれにも属することができないのだろう。七を二で割った時のように、十を三で割った時のように、私だけがきれいに整頓された数字の群れからはみ出してしまう。

『災難だったな』

私の胸の内を見透かすような声に、ほんとだよ、と肩をすくめかけ、慌てて姿勢を正した。

『怪我でもしてるのか？　顔色が悪いみたいだ』

だめだ。答えちゃだめ。

『依子、どうした？　なんで無視する。わたしの声が聞こえないのか？』

久しぶりに頭をよぎったその声は、いつだって私にやさしい。懐かしさに心が浮き立って、すぐにでも耳を傾けたくなる。けど、私はもう知っている。その声が急に空から降ってきたわけでも、たった今耳元で囁かれたわけでもなく、私を喜ばすためだけに存在する、私自身の言葉であるということを。

ふと顔を上げると、リレーの興奮を押し流すように、なまぬるい初夏の風が吹き抜けた。先週の終わりに、例年よりかなり早めの梅雨明け宣言がされた。雲一つない青空の下、授業開始の五分前を告げる予鈴が校庭に響き渡る。早く教室に戻らなくちゃならない。

「では、ここでふたつの式の係数を揃えます。はい、できました。そしたら、こうですね。①の式から②の式を引いて……。うん。はい、ここまではいいでしょうか」

ぼそぼそと念仏を唱えるような声が、一度そこで途切れた。

「Y＝17、と。うん。では続けて、Xの値をもとめてみましょう。答えがわかった人、挙手してもらえますか」

宇手《うて》先生はそう言って、黒板から私達の方へと向き直った。しかし、誰ひとりとして手をあげようとはしない。先生が、困ったように教室を見回した。一連の動作に、教師としての威厳はあまり感じられなかった。

「……ええと、では、大沢君」

「えー、なんで俺？　わっかんねーよ、こんなの」

大沢君はそう言って唇を尖らせ、椅子の背もたれから大きく体をのけぞらせた。ふてぶてしいその態度に、宇手先生がちらりと廊下の方を気にするのがわかった。宇手先生のそういうところが、大沢君の「俺教師とかビビんねーし」というポーズをよりいっそう強固なものにしてしまうってことも。

「僕の説明、わかりにくかったですか。その、どこが」

「全部」

「ぜ、全部、ですか。全部というのは……」

だから、と大沢君が声を荒らげた。同じ言葉を介しているはずなのに、会話が全然噛《か》み合わない。まるで、別の惑星に住む生き物同士みたいだ。

「全部は全部だよ。今何聞かれてんのかも、よくわかんねー。大体数学とか、人生で何の役に立つわけ」

ばさりと切り捨てるような言い方に、教室が静まり返る。先生は黙りこくったまま、何も答えない。ネジが緩んでいるのか、細い銀縁眼鏡がずるずると宇手先生の鼻を滑る。分厚いレンズの向こうで、長い睫毛が神経質そうに震えていた。

「ちょっと、せんせー困ってんじゃん。やめなよ」

見かねて声を上げたのは、濱中さんだった。それを聞いた大沢君が、出たよ、と顔をしかめる。

「お前は口出してくんな、ばーか」

「あんたこそ、授業の邪魔すんのやめてくんない?」

「だから、パスって言ってんだろ俺は。どこが邪魔してんだよ。てめーは実習生に気に入られたいだけだろうが。こいつのこと、好きなんじゃねーの」

「は？　何、それ」

「うわ、何も言えなくなってやんの。図星じゃん」

「はぁ？　そんなんじゃねーし。あたしはただ……」

二人の言い合いをきっかけに、教室に弛緩《しかん》した空気が流れ出した。これ幸いと内職を始める者や、居眠りをする者、あるいは勝手に席を立ったり、自由にお喋りし出す者まで現れている。こうなったらもう収拾がつかない。

当の宇手先生はというと、どこか他人事のような顔で、しっちゃかめっちゃかになった教室を眺めていた。そこでようやく、戸塚先生がぱんぱんと手を叩きながら教室に入って来た。ずっと、廊下から中の様子を窺っていたらしい。

「はい、はい。そこまでです。みんな席について。特に、そこの二人。今はあなた達が口論するための時間じゃありませんよ」

戸塚先生の剣幕に、濱中さんと大沢君が渋々といった様子で席についた。いくら大沢君でも、戸塚先生は苦手らしい。

「……それから、宇手先生。あとでちょっと」

戸塚先生は宇手先生を押しのけるようにして教壇に立つと、低い声でそう告げた。宇手先生がぎくりと体を強張らせ、蚊の鳴くような声で、はい、とつぶやく。自分の方がよっぽど、先生に叱られた生徒みたいな顔をしていた。タイミングよくチャイムが鳴り、その日の授業はそれで終わった。結局最後まで、Xの答えはわからないままだった。

『はじめまして。宇手俊史《としふみ》といいます。こうして母校に戻って来れたこと、すごくうれしいです。これから一ヶ月という短い期間ではありますが、よろしくお願いします』

宇手先生は、六月の半ばからうちのクラスにやって来た教育実習生だ。担当科目は数学。姿勢は猫背気味で表情が暗く、年季の入った銀縁眼鏡を掛けている。教師を目指していると は思えないほど声は小さく、集中して耳を傾けないと何を言っているかわからない。

ただそのわりに、一部の女子からは人気があった。「よく見るとジャニーズの○○君に似ている」という理由らしい。濱中さんなんかはその筆頭で、宇手先生との顔合わせが終わった翌日には、先生の実家はおろか今住んでいるアパートの場所まで割り出していた。

『うちのいとこがせんせーと同級生なんだけど、あの人、実はすっごい頭いいらしいよ。高校生の時、全国模試で一位取ったこともあるんだって。すごくない？』

それからというもの、濱中さんは手を替え品を替え、宇手先生への猛アタックを仕掛けている。もちろん濱中さんだって、本気で先生と付き合える、なんて考えているわけじゃない。今日は先生と目が合ったとか、先生が冷たかったとか。とるに足らないようなことで一喜一憂したり、相手の言動に振り回されたりすること。それ自体が目的の、新手のごっこ遊びみたいなものだ。なんでも、濱中さんは最近付き合っていた彼氏と別れたばかりで、次のターゲットを探しているらしい。というのは全部伊藤さんからの受け売りだけど。

伊藤さんとは今でも、時々例の河原で会っている。伊藤さんの休憩時間に、私が勝手にお邪魔している、と言った方が正しいかもしれない。伊藤さんのジョギングコースと私の散歩コースの地図を重ね合わせた時に、二人の進路が交わるのがあの河原だった。伊藤さんにとってはジョギングの折り返し地点にあたるらしい。

私は最近、トトと一緒に過ごした散歩コースをおつかいがてら一人で歩くようになっていた。もちろん伊藤さんにも、トトのことは打ち明けている。かつて、弟のような存在の犬がいたこと。トトがどんなに素晴らしく、いかに大切な相棒だったか。たいして面白くもない私の話を、伊藤さんは茶化すでもなく、じっと耳を傾けて聞いてくれた。

気持ち悪くないの、と聞いてみると、伊藤さんは不思議そうな顔で、何が、と首を傾げた。

「……犬と話せるとか、そういうの」

「なんでそれが気持ち悪いの？　それって、黙っていても相手の気持ちがわかる、みたいなことでしょ。そういうの、一緒に暮らしてる家族とかでもあるじゃん」

だから、全然変なんかじゃないよ。そう言って、伊藤さんが笑った。

正直なところそれは、私の欲しかった答えとは少しだけずれているような気がした。けど、今かけてもらった以上の言葉を伊藤さんに求めることは、私には分不相応な振る舞いのように思えて、口に出すことはできなかった。

伊藤さんの交友関係は広い。陸上部の先輩・後輩や同じ小学校出身の子達との交流はもちろん、クラスでは濱中さんを筆頭として、女子の中でいちばん目立つグループに属している。その一方で、優等生タイプの子とも、オタクっぽい子とも分け隔てなく会話している。

時々、教室で自分の居場所を見つけられずにいろんなグループの間を行き来して蝙蝠《こうもり》扱いされてしまう女の子がいるけど、伊藤さんはそういう子達とも少し違う。伊藤さんは多分、誰にとっても特別な女の子だ。伊藤さんだけは、自分をわかってくれる。伊藤さんだけは、自分の話を聞いてくれる。伊藤さんにだけは、本当の自分を打ち明けられる。そんな風に思っている女の子が、この学校にはたくさんいる。

それはまるで、伊藤さんの走り方そのもののように思えた。一人だけ物理の法則から解き放たれて、伊藤さんの足元から重力が消え去ってしまったみたいな。自由で軽やかで、だからこの手でつかまえたくなる。

私だってそうだ。伊藤さんと二人きりで遊びに出かけたこともなければ、休み時間、一緒にご飯を食べたこともないのに。伊藤さんがあの河原に来てくれたとか、私の話に笑ってくれたとか、そういうなんでもないことを、宝物のように思ってしまいそうになる。伊藤さんが私を、私だけを選んでくれる日のことを夢見てしまう。

いつか、さきちゃんが私にそうしてくれたみたいに。

「……あ」

思わず、声を漏らしていた。廊下の真ん中で立ち止まった私のすぐ横を、何人かの生徒がけらけらと笑いながら駆けていく。廊下の隅でプロレスごっこに勤《いそ》しむ男の子達や、ペットボトルのジュースを回し飲みしている女の子達。校舎には、気だるい昼下がりの空気が流れていた。

その向こうでさきちゃんが一人、階段の踊り場に腰をかけ、お弁当を食べていた。ギンガムチェックのランチクロスが、無造作に床に置かれている。

『あたしの前から、消えてよ』

さきちゃんとはあれ以来一度も話していない。廊下ですれ違うことはあっても、名前を呼び合うことはおろか、お互いに目を合わせることすらなかった。

今月の初め、さきちゃんの苗字が変わった。さきちゃんの両親が離婚したと知ったのは、それからすぐのことだった。

さきちゃんは今、あのマンションでおばさんと二人暮らしをしているらしい。あの大きなマンションは、実は母方のお祖父《じい》さんが買ったものらしいとか、お父さんはすでに別の女の人と暮らしているんだとか、いろんな噂を聞いた。けど、それがどこまで本当なのかはわからない。

『こんな中途半端な時期にかわいそうだよねー、親の都合で』

『振り回される子どもが馬鹿みたい』

いつだったか、さきちゃんが「親の離婚」についてそんな風に語っていたことを思い出した。最近学校で、さきちゃんがおのちんのグループを離れ、一人で過ごしているのを見かけるようになった。ただ孤立しているようにも、さきちゃんがそれを望んでいるようにも見えたけど、それもやっぱり、本当のところはよくわからなかった。

クラスメイトらしき男子生徒が近くを通りかかり、あ、とさきちゃんを振り返った。

「えっと、三浦《みうら》さん？　さっき、先生が呼んでたよ。職員室来いって」

「……うん、わかった」

さきちゃんは頷き、食べ終えた弁当箱をてきぱきと片づけ始めた。階段から立ち上がり、こちらに近づいて来る。どうしよう。話しかけてみようか。逃げ出したい、体が動かない。

もし無視されてしまったら。いくつもの考えが次々浮かんでは消えて、どうすればいいのかわからなくなる。

「さきちゃん――」

私が口を開きかけるのと、さきちゃんが走り出すタイミングは一緒だった。あ、と思った時にはもう遅かった。するりと私の真横を駆け抜けて行く。私の存在に気づかなかったのだろうか、それとも。それを確かめる間もなく、さきちゃんは私の前から姿を消していた。まるで最初から、そこにいなかったかのように。

「せんせーって、今付き合ってる人いますかー?」

何人かの生徒が、驚いたように教壇を振り返る。鼻にかかったような、ひどく甘ったるい声だった。授業終わりの教室で、宇手先生が濱中さんのグループにつかまっている。宇手先生は初めて聞いた言葉を反芻《はんすう》するように、付き合う? とつぶやいた。

「付き合う、というのは……」

「彼女とか、いるの?」

濱中さんはいつも直球で、言葉を濁すこともぼやかすこともしない。宇手先生は一瞬声を詰まらせた後、困ったように目を伏せて、「そういった人は、いません」と答えた。

濱中さん達はそれを聞いて、きゃあーっと色めきたった。ちらちらと目配せしながら、何事か囁き合っている。ほらやっぱり、言った通りじゃん。亜梨沙、これ絶対チャンスだよ。ちょっとやめてよ、まだ早いって。その集団の中に、伊藤さんの姿は見当たらない。ふと窓の向こうへと目を遣ると、陸上部のユニフォームに身を包んだ数人の生徒が、校庭の真ん中に向かって歩き出すのが見えた。

「独身ってこと？　せんせーの周りの女の人達、見る目ないね」

「なんか、かわいそう」

「せんせー、休日とか何してんの？」

小鳥のさえずりのように絶え間なく続くお喋りを、宇手先生は居心地悪そうな顔で聞いていた。

「休日は、卒論の準備があるので……」

「先生って、大学で何勉強してたの」

「代数的整数論です」

「は？　だいす……何？」

「知らーん。ねえねえ、誰かと遊んだりとか、旅行とかしないの？」

「そういうのは、あまり」

何それ、陰キャじゃん、と誰かが笑う。先生って友達いないの？　ぼっち？　言葉に詰まった先生を気遣ってか、濱中さんが、わかった、と一際大きな声を上げた。

「せんせー、忙しいんだよね。研究室でも、教師になるのはもったいないって引き止められてるんだって。他の先生から聞いたことある」

周りから一歩リードした優越感か、濱中さんがそう言って含みのある笑みを浮かべた。

「数学が恋人、みたいな。そういう感じでしょ？」

「……？　数学は、数学ですが……」

それを聞いた濱中さんがぷっと噴き出し、そういうことじゃないって、と宇手先生の背中をばんばんと叩いた。

「うてっち、天然すぎ。かわいいんですけど」

いつのまにか、呼び方が変わっている。宇手先生は、濱中さん達が何をそんなに面白がっているのか、よくわかっていないみたいだった。ひどく難解な証明問題に挑んでいるかのような顔で、自分の生徒を見つめている。

「彼女いないんじゃさみしいでしょ？　あたし、今度先生のアパート行ってあげようか」

濱中さんが、ね、きまり、と言って宇手先生の腕に手を回そうとした、その時だった。

「さみしくない、です」

濱中さんがそれを聞いて、え、と固まった。教室はいつの間にかしんとしていて、そこにいる誰もが、宇手先生が発するであろう次の言葉に耳を傾けていた。

「ひとりでいる時より、誰かと一緒にいる時の方が、ずっとさみしい。……少なくとも、僕はそうです」

いつも俯《うつむ》いてばかりの宇手先生が、珍しくまっすぐ顔を上げて、はっきりとそれを口にした。

「だから、その。せっかくのお誘いですが、お断りさせてください」

じゃあ、僕はこれから会議があるので。宇手先生はそう言って、くるりと踵を返した。濱中さんは、ぽかんと口を開けたまま動かない。宇手先生は、濱中さんを必要以上にフォローすることも、自分の言葉を補足することもしなかった。あとは自分で考えなさい、というように。

「……ふられてやんの」

誰かのそんな一言をきっかけに、教室にいつもの騒がしさが戻って来た。濱中さんの顔が、みるみるうちに赤く染まっていくのがわかった。がん、と勢いにまかせて教壇を蹴り上げ、教室を飛び出して行く。グループの子達が、ばたばたとその後ろ姿を追いかけた。

「何、今の」

「つーか、ちょっと騒ぎすぎじゃね?」

「濱中さんって、ほら――」

あまり聞きたくないような類の会話まで耳に入ってくるようになり、私は慌てて席を立った。教室を出て、辺りを見回す。無意識のうちに、宇手先生の後ろ姿を探していた。

ひとりでいる時より、誰かと一緒にいる時の方が、ずっとさみしい。

先生のその言葉が、どうしてか頭から離れなかった。

「それ、トト?」

驚いて顔を上げると、いつからそこに立っていたのか、伊藤さんが、階段の上から私を見下ろしていた。伊藤さんの表情は、逆光でよく見えない。その代わり、伊藤さんの後ろに広がる草むらの緑と、空にぽつぽつと浮かんだ小さなわた雲、西日に照らされた町の輪郭が、妙にくっきりと目に焼きついた。

「やっぱり。これ、絶対トトでしょう」

伊藤さんが隣にやってきて、地面を指さす。私が小石で描いた、犬の絵。といっても、顔の輪郭と目と口をなぞっただけの、落書きとも言えないような代物だ。

『そうだよ。なかなかうまいだろう?』

トトならそう言ってくれるだろうか。

「……そう。下手くそでしょう?」

「うーん、そうね。うまいとは言えないかな」

うそうそ、冗談だよ。伊藤さんがそう言って、私の肩をぽんと叩く。とその時、川から吹きつけた風がここまで届いて、私達のスカートをふわりと揺らした。

「制服」

そうつぶやくと、伊藤さんが、ああ、という顔で頷いた。

「そっか、いつもはトレーニング中だもんね。だからか。高橋さんとこの格好で会うの、なんか変な感じ」

伊藤さんはそう言って、ブラウスの首元で結んだリボンに指を絡ませた。確かに、学校の外で伊藤さんの制服姿を見るのは珍しい。伊藤さんが、トレーニング以外の理由でここにいるのも。

「今から妹の迎えがあってさ。今日は早目に部活あがらせてもらっちゃった」

伊藤さんは、私の質問を先回りするみたいに、そう付け加えた。

『うちのお母さん、今年再婚したんだ。だから正直まだ慣れないんだよね、今の苗字』

いつだったか、伊藤さんが自分の家族について教えてくれたことがあった。伊藤さんのお父さんは最近この町のエリアに配属された物流会社の社員さんで、お母さんはベテランの薬剤師。それから六歳の妹さんが一人いて、両親の帰りが遅くなる時は伊藤さんが妹さんの迎えに行くこともあるらしい。妹さんが通っているという学童クラブの名前には、うっすらと聞き覚えがあった。私も昔、少しだけそこに通っていたことがある。

『妹、千咲《ちさき》って言うんだけど。あいつ、大人しいくせに頑固で生意気なんだよね。ほんとやんなっちゃう』

伊藤さんは、口ほどには妹さんのことを嫌っていないように見えた。妹さんのことを語っている時、伊藤さんはすっかりお姉さんの顔をしている。でも、その子を迎えにいくというならなおさら、こんなところで時間を潰している暇はないように思えた。

しばらくして、伊藤さんが申し訳なさそうに、ごめんね、と口を開いた。

「え」

「今日の、亜梨沙のこと」

「ありさ……」

伊藤さんの言う「ありさ」が何のことかわからず、一瞬思考が止まる。しばらくして、濱中亜梨沙、というそれが、濱中さんのフルネームであることに気づいた。

中学校に上がって、小学生の頃とは変わってしまったことがいくつかある。そのうちのひとつが、クラスメイトのことは苗字で呼ばなくちゃいけない、という暗黙のルールだ。だからこそ、互いを名前で呼び合う、というただそれだけのやり取りにも意味が生まれる。それは限られた関係性にだけ許される、とても親密で特別な行為だ。

変わったのは、それだけじゃない。男の子が私達に対して、ひどくよそよそしい態度を見せるようになったこと。制服や体操着の着こなし方にも、なにかしらの順位付けが存在すること。廊下ですれ違った女の子達から時々、作り物めいた花のかおりがすること。彼女らが先生達の目を盗んで学校に持ち込んでいるポーチの中身や、制服のポケットに忍ばせている秘密の正体について。

そういうことは多分これからも少しずつ、でも確実に増えていくんだろう。算数の呼び方がいつのまにか数学に変わったように。あるいは、体育の授業がいつからか、女子と男子で分けられてしまったように。それがいいことなのか悪いことなのか、私にはよくわからない。

「あいつ、ちょっと子どもっぽいとこあってさ」

「ごめんね、高橋さんにも迷惑かけたでしょう」

「亜梨沙って、昔から勘違いされやすいとこがあって。だから私に免じて、ってわけじゃないけど、あいつのこと許してやってくれないかな」

伊藤さんはそんなようなことを、ずっと一人で話していた。伊藤さんは私にこれを伝えるために、わざわざここに来たんだ、ということがわかった。私を気にかけてくれたことがうれしい。でもそうしてくれたいちばんの理由は、多分私への友情じゃない。それが、どうしてこんなに苦しいのだろう。

口数が少なくなった私を気遣ってか、伊藤さんは無理に明るいトーンで会話をしめると、そろそろ行こうかな、と言ってその場から立ち上がった。呼び止めようか迷い、あの、と口を開きかけたその時、伊藤さんの体がぐらりとよろめいた。何かに足をからめとられてしまったかのように。合同体育の時間の、ゴール直前の風景がフラッシュバックする。ちょっとやりすぎなくらい、何度も何度もストレッチを繰り返していた伊藤さんの姿も。

「伊藤さん！」

思わず、声を上げていた。咄嗟に腕をつかもうとしたけれど、伊藤さんの体は私の手をすり抜けてしまった。倒れる、まではいかなかったものの、背中を丸めて地面に座り込んだ伊藤さんが、びっくりしたようにこちらを振り返った。

「おおげさ」

そう言って、伊藤さんがくすりと笑う。笑い返そうとしたけど、うまく口角が上がらない。どくどくと、心臓が大きく脈を打っているのがわかった。何かとてつもなく嫌なことが、起こりつつあるんじゃないか。どうしてか、そんな気がした。

「……足、どうかしたの？」

立ち上がった伊藤さんが、え、と振り返る。

「今日の、体育の時間。ゴール前に、なんか……」

あの時の違和感を、うまく言葉にすることができない。それが、もどかしかった。すると、伊藤さんが珍しく、私の言葉を途中で断ち切った。

「ううん、ちょっとこけただけ。なんでもないよ」

伊藤さんは、じゃあ私行くね、と言って再び歩き出した。

右、左、右、左。

不自然なほど、きびきびとした歩き方だった。その背中には、はっきりとした拒絶の色が浮かんでいた。私にかまわないで。放っておいて。言葉にされたわけじゃないのに、伊藤さんがそう言っているような気がした。そういう背中に縋《すが》りつく術《すべ》を、私は持っていない。ふと視線を落とすと、私が地面に描いた落書きはいつのまにか、あとかたもなく消え去っていた。

その日の夜、久しぶりにトトの夢を見た。

とても静かな夢だった。地球から遠く離れた宇宙のはしっこで、私達はふわふわと空中遊泳を楽しんでいた。あそこを見てごらん、という声が聞こえて顔を上げると、天の川の向こうで、名前も知らない星が燃えていた。終わりかけの線香花火みたいに。

『星がちょうど、自分の役目を終えたんだ。依子は運がいい。長いこと宇宙にいてもなかなか立ち会えない代物だよ、あれは』

振り返ると、金魚鉢を逆さにしたみたいな宇宙服を着たトトが、満天の星を背に、宙を泳いでいた。

「……本当に、これが最後なの？」

そうつぶやくと、トトは私の顔をじっと見つめて、そうだね、と頷いた。百億光年離れた場所で見る誰かの世界の終わりは、思ったよりもずっとあっけない。

「夢でもいいから、もう少しだけ喋っていたかったな」

するとトトが、わたしとはもう喋りたくなかったんじゃないのかい、と首を傾げた。どうやらこの前、無視したことを言っているらしい。トトはこう見えて、意外と根に持つタイプだ。

「あの時は、仕方なかったんだよ」

わかってるさ、とトトが片方の目を瞑る。

「……ずっとこうしていられたらよかったのに」

『それは無茶な願いだな。何事にも終わりはある』

あの星みたいに、とトトが顎をしゃくった。大体わたしはもう死んでいるんだし。

「じゃあ、なんでまだこうして話せるの？」

『影送りみたいなものさ』

かげおくり、とつぶやいた私に、依子も子どもの頃よくやっただろう、と言ってトトが笑う。

『よく晴れた日に、自分の影を見つめて十秒数える。顔を上げると、自分の影の残像が空に映って見えることがある。この夢も多分、そういうものなんだ。本当の影は、依子の足元にある』

さあ、そろそろ時間だ。わたし達は、行くべきところへ行かなくちゃならない。それってどこ、と問う間もなく、目覚めた時にはトトは姿を消していた。

伊藤さんが、部活中に倒れた。

私がその噂を耳にしたのは、河原でのやり取りから一週間も経たないうちのことだった。

その日、伊藤さんはいつも通り部活に顔を出し、いつも通り入念なウォーミングアップをすませ、いつも通りトレーニングのメニューをこなしていた。ところが、練習開始から一時間が経った頃、異変は起こった。突如校庭に響いた悲鳴にチームメイトが顔を上げると、伊藤さんが地面に蹲《うずくま》っていた。伊藤さんはそのまま車に乗せられて病院に向かい、部活仲間ですら連絡が取れないような状態が続いた。

「ひかり⁉ ほんとに大丈夫なの？」

週が明けて月曜日。伊藤さんは周囲の予想を裏切り、けろりとした顔で教室に現れた。右足には重たげなギプス、両手に松葉杖《まつばづえ》を抱えて。

「いやー、まいったまいった。やっちゃったよ」

濱中さん達の反応とは裏腹に、伊藤さんの第一声は拍子抜けするほど明るかった。

「まあ自業自得だよね。コーチの言うことちゃんと聞いておけばよかった」

「秋の大会には絶対出るから。松葉杖も、そのためにもらったんだ。一日でも早く部活に戻れるように」

「それまでは、神様から休みもらったと思ってたっぷり遊んじゃおっかな。亜梨沙、久しぶりにカラオケとか行こうよ」

このところずっと、関節に違和感を覚えていたこと。走っている最中に突然、右の膝が抜けるような感覚に襲われたこと。小学生の頃に転んで前歯を折ってしまった時と比べて、どっちが痛かったか、なんてことまで。

自分の今の状況を時に俯瞰《ふかん》して、時にあれこれ脚色しつつ、大袈裟《おおげさ》にクラスメイトに語ってみせる。伊藤さんからは、憂いや落胆なんてものはこれっぽっちも感じられなかった。むしろ、それを聞いている濱中さんや、同じグループの藤村《ふじむら》さん、和久井《わくい》さんの方がよっぽど大怪我に見舞われたような顔をしている。

もちろん、落ち込まないはずがない。傷だって、痛まないはずがないだろう。つい先週まで、この学校で誰よりもはやく地面を駆けていた人だ。この先、今までのように走れるのかはわからない。

でも伊藤さんは、それらの不安をほとんど無理矢理といっていいくらい強引に、ねじ伏せていた。これしきの出来事が、自分の日々の生活、夢、あるいは未来を摘んだり蝕《むしば》んだりすることなんて、認めない。伊藤さんの一挙手一投足が、そう語っているのがわかった。

私は伊藤さんの意志に、気高さすら感じていた。もし本当に陸上の神様なんてものがいるなら、どうかどうか、伊藤さんからこれ以上自由を奪わないでください、とそう思った。

コンビニから帰る途中の住宅街に、コインランドリーが併設された小さな銭湯がある。赤い電飾掲示板が目印の(ただし、電気が灯《とも》っているところは見たことがない)、かなり年季の入った建物だ。近くに学生向けのアパートが多いせいか、この銭湯はいつもにぎわっている。父さんが料理の途中でお酢をきらしたというので、代わりにおつかいに出かけた。コンビニはスーパーと比べると割高だけど、背に腹は代えられない。家に帰る頃には、父さんお手製のパリパリ餃子《ギョーザ》が待っている。なんでも、昔母から教えてもらったという秘伝の焼き方があるらしい。今度、私も教えてもらうつもりだ。

買い物を終えて十字路を曲がり、住宅街のゆるやかな坂道にさしかかったところで、見覚えのある後ろ姿に出会った。

「……宇手先生?」

随分迷ってから、思い切って声をかけた。学校の外で先生を見かけるのは初めてで、「先生」という単語を口にすることすら、なんだか気後れする。先生もまさか、こんなところで生徒に見つかるとは思っていないのだろう。私の声に気づかないまま、てくてくと坂道を下っていく。

「先生。宇手、先生」

三度目の正直に、先生は細い肩をびくりと震わせ、ようやく足を止めた。恐る恐るといった様子で、こちらを振り返る。

「……あ。あなたは、えっと」

「先生のクラスの」

高橋さん、ですよね。そう言って宇手先生が頭を下げた。先生が自分みたいな生徒を覚えてくれていたことに、びっくりする。

「いや、お恥ずかしいところをお見せしました」

先生はそう言って、きまり悪そうに首の後ろをさすった。湯気で曇った眼鏡を、くいと掛け直す。右手にコンビニ袋、左手には風呂桶《おけ》。プライベートということもあって、だるだるのTシャツにステテコ風のパジャマ、素足にサンダルとかなりラフな出で立《いた》ちをしている。髪はお風呂上がりのせいか濡れそぼり、時折、地面に向かってぽたぽたと滴が垂れていた。

先生のアパートは、この住宅街を抜けた先にあるらしい。先生は今、築四十年・木造風呂なしのボロアパートを借りていて、最近はよくこの銭湯を利用しているんだそうだ。ほんとはこういうこと、生徒に教えちゃいけないんですけどね。先生はそう言って、笑っていた。

一ヶ月の教育実習も折り返し地点を過ぎて、残り一週間を切ろうとしている。にもかかわらず、宇手先生の授業は相変わらず私語が多い。というのも、宇手先生擁護派グループの筆頭メンバーである濱中さんが、ここ数日で過激派に転じたためだ。

点呼されても返事をしない。問題を当てられても、席に座ったまま動かない。それどころか、先生が困っているのを見て面白がっているような節がある。濱中さんの急変が、この問教室で起こった一悶着《ひともんちゃく》にあることはあきらかだった。濱中さんの態度に触発されて教室に生まれた不穏な空気は、今やクラス全員の共通認識となりつつあった。つまり私達は、この大人を軽んじてもいいんだ、という空気だ。

最終日には教頭先生や学年主任が授業の見学に来るらしいけど、正直授業をするというレベルに至っていない。おかげで指導役の戸塚先生はこのところ、ずっとピリピリしている。

授業が中断した時や、宇手先生が誰も自身の声に耳を傾けようとしない教室で必死に声を張り上げている時。私は無意識のうちに、伊藤さんの背中を探してしまう。伊藤さんはそういう時大抵、我関せず、という顔で窓の外を眺めている。濱中さんのグループで、〝宇手先生いじめ〟に加担していないのは伊藤さんだけだ。

伊藤さんは相変わらず、自由だ。怪我をしようと、部活に出られなかろうと、伊藤さんの生き方は変わらない。教室の重力なんてものともせずに、まるで惑星と惑星の間を飛び回るような身軽さで、日々を過ごす。その自由さがうらやましく、心のどこかでほんの少しだけ、ずるい、と思ってしまう自分がいる。

「高橋さんは、おつかいですか?」

はい、と頷くと、先生がちらりと自分の時計を見遣った。時計の針は、すでに夜の七時を回っている。

てっきり夜出歩いていたことを叱られるんだと思い、すみません、と頭を下げると、先生は「いや、怒ってるわけではないんですよ」と慌てたように手を振った。

「今日は風が気持ちいいですからね。天気もいいし。寄り道したくなるのもわかる」

そう言われてふと辺りを見回すと、近所の庭先に生えた赤いブーゲンビリアが風に吹かれて、さわさわと揺れていた。先生の言う通り、夜風がひんやりとしていて気持ちいい。先生の歩調に合わせて、リンスはいらない、のキャッチコピーでお馴染みのシャンプーボトルが、風呂桶の中でかたかた音を立てていた。

「高橋さんは、学校は楽しいですか」

錆《さ》びた豆腐屋の看板を曲がったところで、急にそんなことを言われた。即答できなかった時点で、答えはもう出てしまっているような気がした。

「……あまり、楽しくないです」

すると先生は、学校のどういうところが楽しくありませんか、と聞いてきた。

「毎朝、校門の前に戸塚先生が立っているところ」

先生がそれを聞いて、ぷっと噴き出した。

「あれは、僕もちょっと苦手です」

黙っていると、先生が、あとは？　と首を傾げた。

「他にもありますか。苦手なもの」

「そんなの、いっぱいあります」

最近声変わりが始まった男の子達の笑い声。女の子達の、時にかしましいひそひそ話。誰のものでもないはずのベランダが、いつも誰かに占領されていること。授業中、先生が次に自分を指す、とわかった時の絶望感。全校集会で、静かな時に限ってお腹が痛くなること。夏の教室に立ち込める、むせ返るような制汗スプレーのかおり。冬の女子トイレの、じめじめした冷たい空気。水飲み場で干からびた雑巾を見かけると、なんでかとても悲しくなること。

思いつくまま、口にする。先生は私の話に、黙って耳を傾けていた。

「あとは、教室。あんなにいっぱい出口があるのに、どこにもいけないような気持ちになるから」

そこまで一息に言うと、ふむ、と先生が頷いた。少しして、じゃあ、と口を開く。

「楽しいと思える時は？」

「……校庭に、犬が入って来た時」

先生が、はは、と笑い声を上げた。

「僕も、校庭に犬が入ってきた時の教室は好きですよ。僕が小学生の時だったかな。卒業式の最中に……」

住宅街を歩きながら、ぽつりぽつりと先生の話を聞いた。家のことや、学校のこと。今は離れて暮らしているという家族のことや、大学で取り組んでいる研究のこと。小中高と、集団生活に馴染めず苦労したこと。中学時代に出会った恩師のこと。その先生に憧れて、教師を目指すようになったこと。

「その人が教えていた科目も、数学だったんです」

どんな先生だったんですか、と聞いてみると、

「お世辞にも、教師に向いているとは言い難いような人でした」

そう言って、苦笑いを浮かべていた。

「生徒指導を途中でほっぽり出して、一服しに行っちゃうような人。授業中、生徒に煙草《タバコ》を買いに行かせようとしたり、進路指導室を自分の根城にして、そこでこっそりコーヒーを振る舞ってくれたこともありました。俺の淹れたコーヒーは世界一美味《うま》いんだ、とか言って」

だめだめでしょう、と言いながらも、恩師について語る先生の口調は、どこか温かかった。

「そのせいで、職員室でも煙たがられていて。めちゃくちゃな先生だったけど、一部の生徒には人気がありました。一度、先生が解いていた数独の問題を代わりに解いてあげたことがあったんです。唯一の趣味がそれだとかで、しょっちゅう教室に持ち込んでましたから。答えを書いた紙を渡したら、すごく誉《ほ》めてくれて。お前すごいな、俺にも解けなかったのにって。その脳みそがあれば一生煙草には困らないぞって、そう言ってくれました。ようするにそれは、雑誌の裏に載っていた懸賞付きの問題だったんです。当選賞品は、紙袋いっぱいの煙草のカートンでした。お駄賃だと言って、僕にも一箱くれて」

先生が、懐かしそうに目を細める。

「僕は煙草を吸わないけど、今でもその時の煙草は取っておいてあります。今度その煙草を持って、彼に会いにいく予定です。まだ道半ばだけど、教師になるんだってことを報告しに」

住宅街の細い路地を抜け、Y字路に差しかかった。あ、私の家そこです、と明かりを指差すと、じゃあ僕はここで、と言って先生が立ち止まった。あの、と声をかける。

「……話を聞いてくれて、ありがとうございました」

いやいや、と首を振った後、先生は私の顔をじっと見つめた。しばらく待ってみたけど、結局、最後まで何も言わなかった。

「じゃあ、また明日」

「はい。また明日、学校で」

そう言って、くるりと踵を返した。湯冷めしたらしく、別れた途端、何度もくしゃみをしていた。ぐしゅん、へっくしゅん。そのたびに、先生の背中が小さく跳ねる。頼りない後ろ姿が少しずつ小さくなり、最後は豆粒みたいになって、路地の向こうへと消えて行った。

「ひかり、最近ちょっとうざくない?」

きっかけは、休み時間に濱中さんが発したその一言だった。藤村さんと和久井さんは黙ってそれを聞いていたけど、近くに座っていただけの私ですら、その場の空気が固まるのがわかった。

「……え、なんかあった？」

藤村さんが、偵察よろしくジャブを放つ。

「あたしの言ってること、わかるでしょ？」

えー、どうだろ、と言いながら、藤村さんがへらりと笑う。和久井さんは、しばらく話の成り行きを見守るつもりらしい。

「最近すぐ、みんなでどこどこ行こうよとかしきりたがるし。今まであたしがひかりのこと誘っても、部活、部活、部活で断ってきたのに。なんか都合よくない？　部活が駄目になったからすり寄ってきてるみたいな」

あーまあね、とか言いながら、藤村さんがなんとかして濱中さんの怒りの矛先を逸らそうとしているのがわかった。

「大体、怪我のことだってそうだよ。絶対こっちからは触れるなって空気出してるよね。自分から話す時は自虐キツすぎてつっこみづらいし。うちら、ふつうに話聞くって言ってんのに。全然信用されてない気がする」

そこで初めて、和久井さんが口を開いた。

「……強がってるんじゃないかな。ひかりは、ひかりなりに」

そうそう、と藤村さんがそれに同調する。

「そうだよ、ひかりってそういうとこあるし」

「ていうかそろそろ戻ってくるんじゃない、あの子。この話、やめない？」

「そうだよ、なんか暗いよ」

仲良くしてよ、二人がいちばん長い付き合いなんだから。どうにかして濱中さんを宥めようとするけど、濱中さんの気持ちは収まらないらしい。

「あたしはひかりに、なんでも話してるのに。うてっちのことだって、全然協力してくんなかったじゃん。ていうか、今もそうだし。この前なんて、あたしが話しかけてんのに無視したんだよ？　今授業中だし、とか言って」

そんなことないと思うけど、と言いながら、藤村さんの表情はひきつっている。

「あたし、ああいう時に良い子のふりするやつって信用できないんだよね」

その時だった。ガラガラと教室の扉を開く音が響く。振り返った和久井さんが、あ、と小さく声を漏らした。

「……ひかり」

伊藤さんは一瞬の空白の後、ごめんごめん、トイレ混んでてさ、と言いながら、こちらに向かって歩いて来た。時々、教室の机や椅子に躓《つまず》きながら。松葉杖の扱い方に、まだ慣れていないらしい。

「何？　どうしたの？」

今までの会話は、聞こえていなかったのだろうか。藤村さんや和久井さんが探り探り会話を進めようとする中、さっきまでの激情ぶりが嘘のようにのんびりした声で、濱中さんが、ひかり、と伊藤さんを呼んだ。

「今日、女子の日直ってひかりだよね？」

うん、と伊藤さんが頷くと、濱中さんは表情を変えないまま、口を開いた。

「うてっちのこと、無視してくんない？」

え、と伊藤さんが固まる。

「今日、最後の授業じゃん。偉い人、いっぱい見学に来るんでしょ？　恥かかせてやろうよ」

「……なんで？」

「ムカつくから」

きっぱりとそう言い切った濱中さんの眼差《まなざ》しは、まっすぐ伊藤さんをとらえていた。何か言い返しかけた伊藤さんを、ひかり、と猫撫で声で押しとどめる。

「ちょっといたずらするだけじゃん。なにも殴れとか言ってんじゃないんだから。日直の人、って言われた時に、ちょっと無視するだけ。そんで、あの人がみんなの前で恥かけばいいんだよ。あたしにそうしたみたいに。ねえひかり、わかってる？　あたし、ふられて傷ついてんだよ。友達のために、そのくらいしてくれたってよくない？」

伊藤さんは一瞬何か口にしかけたものの、それを言葉にすることは叶わずに、そのままきゅっと唇を噛み締めた。藤村さんと和久井さんは、おろおろと視線を宙にさ迷わせるだけだ。

「できなかったら、絶交ね」

軽い口調でそう告げて、濱中さんが自分の席へと戻って行った。亜梨沙ぁ、と藤村さんがそれを追いかける。和久井さんは二言三言、伊藤さんと話していたけど、伊藤さんが首を振って、それから間もなく二人の会話は終わった。

伊藤さん、どうして。

今までの伊藤さんなら、きっぱり断っていたはずだ。なのに伊藤さんは、言わなかった。言えなかったのかもしれない。今もずっと、何もない机の上の一点を見つめている。放っておいたら伊藤さんの体がそのまま、ずぶずぶと椅子ごと沈み込んでいくように見えた。教室の床から、見えない力に引きずられるみたいに。

「……今日はいつもと違う雰囲気で、ちょっと緊張しますね」

宇手先生がそう言って、咳払いを挟んだ。男子の日直は、と言われて、池田《いけだ》君が手を挙げる。すんなり立ち上がり、号令をかけた。起立、礼。これは問題なく、終えることができた。教室の後ろに教頭先生や校長、学年主任といった強面《こわもて》のメンバーが並んでいるせいか、クラスの雰囲気がぎこちない。

「今日の授業ですが、教科書はしまってもらって結構です」

宇手先生の言葉を受けて、教室がにわかに騒がしくなる。え、まじで？　ラッキー。うてっち、やるじゃん。ていうかこれ、もう寝ていい？　自習ってこと？　その様子を見ていた戸塚先生が、静かに、と手を叩いた。

「あー、えっと。ここにいる先生方にも相談して、今日の授業は、僕からみなさんへの挨拶の場とさせてもらうことにしました」

先生はいつも通り、か細い声で私達に語りかけた。声量も滑舌も、実習の間に劇的な変化を遂げたようには見えない。

「まずはこの一ヶ月、本当にありがとうございました。いたらない僕の授業を受けてくれたことに、感謝します。僕はご存知《ぞんじ》のとおり、人前に立つのも、喋るのも、得意な人間ではありません。実際にここに立ってみて、よくわかりました。多分僕は、教師に向いているような人間ではないのだと思う」

ざわ、と教室が微かにどよめくのがわかった。何それ、そんなこと言っちゃっていいの。ちらりと戸塚先生の様子を窺うと、先生は意外や意外、宇手先生の話にじっと耳を傾けていた。

「ただ、僕は僕なりの理由でここに立っていて。今日は、それをみんなにお伝えしたいと思っています」

そう言って、先生はぐるりと教室を見渡した。先生の目に私達は今、どんな風に映っているんだろう。

「みなさんは、アラン・チューリングという人を知っていますか?」

特に反応がないのを確認してから、イギリスの天才数学者の名前です、と先生が続ける。

「数学だけではなく、物理学にも造詣の深い人でした。十六歳の時、アインシュタインの論文を読んで文句をつけたなんて逸話があるくらい」

誰かがそれを聞いて、へえ、とつぶやいた。先生は続けて、いくつかの名前を口にした。谷山豊《たにやまゆたか》、ジェロラモ・カルダーノ、クルト・ゲーデル、新谷卓郎《しんたにたくろう》、ジョン・ナッシュ。どれも、教科書ではあまり目にすることのない名前だった。

「全員、もうこの世にはいない数学者の名前です。僕に彼らのことを教えてくれたのは、中学時代の恩師でした。僕に、教師になれと言ってくれた人です。見ての通り、僕は子どもの頃、活発なタイプの生徒ではありませんでした。小学生の頃は体が弱くて学校を休みがちでしたし、たまに登校してもひとりぼっちで、友達なんて一人もいません。学校で二人組を作らされるのは苦手で、必ずといっていいほどあまりものになるのが、僕です。作らされるのが三人組でも、四人組でも、僕は決まって最後の一人になってしまう。そんな僕を見て、その先生が言いました。そんなの当たり前じゃないか、って」

するとと、先生が私達の名簿を手に取り、このクラスは全員で何人いますか、と首を傾げた。目の前にいた池田君が、三十一人です、とそれに答える。

「……ああ。僕の時と同じですね」

先生はそう言って、くすりと笑った。

「僕のクラスは、三十七人でした。わかりますか？　三十七や三十一は、二人組でも三人組でも割り切れない数字です。つまり、素数です。だから、お前がそのことを気に病む必要なんて、これっぽっちもない。あまりが出て当然の数字なんだから、って」

一瞬、なるほど、という空気が流れたにもかかわらず、先生はそれをまぜかえすように、「まあ、今思うとただの詭弁《きべん》ですけどね」と言って、小さく肩をすくめた。

「だって、そうでしょう？　人間関係っていうのは、数学の理論とはまったく違う。素数だろうが素数じゃなかろうが、あまる時はあまる。僕があまり物だったのは、クラスの人数が素数だったからじゃない。人付き合いが苦手だったからです。そのことに気づいたのは、随分後になってからでしたが。でも、僕はその詭弁のおかげで卒業までの日々を生き延びることができました。先生が勧めてくれた数学者の伝記を読み漁るようになったのも、その頃です。数学者、と言われる人達は大抵気難しくて、変わり者で、とても数奇な運命を辿っている。そのことが、僕の心を慰めてくれました。彼らの人生を追っている時だけ、僕は一人じゃなかった。友達や恋人のいない僕にとって、彼らが唯一の話し相手だったんです」

先生はそこで言葉を切ると、近くに置いてあったペットボトルの水に口をつけた。キャップを締め直し、ペットボトルを戻して、再び前に向き直る。

「先日、先生が亡くなりました。この実習が始まる前のことです」

え、と顔を上げる。先生の表情は変わらず、あくまで淡々とした口調だった。教室に小さなどよめきが広がる。

「一人暮らしのアパートで倒れて、そのまま。先生には家族も、友人も、パートナーと呼べる人もいませんでした。見る人から見れば、さみしい晩年だったのかもしれません。実際、葬儀の席でそんなようなことを言っている人も見かけました。独り身のまま、あんなところでさみしく死んでいくなんて、と。でも、本当にそうでしょうか？　形見分けのために訪れた先生のアパートは、かつての進路指導室と同じ香りがしました。自分で挽《ひ》いたコーヒー豆と、ふちの欠けたマグカップ。台所には、水切りラックの上に食器がきれいに並んでいて。今までに解き終えた数独の本と、先生が好きだった銘柄の煙草が、これでもかっていうくらい床に積まれていました。そういうものに囲まれて死んでいったことが、先生にとって不幸なことだったのか。僕にはよく、わかりません」

教室が、しん、と静まり返った。もちろん全員が全員、先生の話を聞いているわけじゃない。大沢君はすでに爆睡しているし、濱中さんは机の下でずっと、自分の爪をいじっていた。

それでも、みんなが少しずつ、先生の声に耳を傾け始めているのがわかった。

「……みなさんは、誰とも分かち合えないさみしさを、何と呼ぶか知っていますか」

孤独です。先生は、誰の言葉を待つでもなく、きっぱりとそう言い切った。

「孤独は、誰とも分かち合うことはできません。自分以外の、誰とも。これも、素数みたいなものですね」

そう言って、ふっと口元を緩ませる。

「素数は、一と自分自身でしか割り切れない数字です。そんな風に、自分自身でしか割り切ることのできない孤独が、この世界にはたくさんあります。でも、大事なのは素数が特別な数字だということではありません。特別な数字が、この世にはあふれ返っている、ということです。先生は、孤独でした。僕も、そうです。そして多分、みなさんも。それは、友達がいるとかいないとか、恋人ができる・できないとは、まったく無関係なことで。そのことを、さみしくない、と言ったら嘘になります。でも僕は、そのさみしさが暗闇の中で時々きれいに光ることを知っています。僕には、孤独のおかげで出会えたものがたくさんあるから」

だから自分の、自分だけの孤独を大切にしてください。その孤独こそ、あなたの人生に光を灯してくれるものだから。先生はそう言って言葉を切り、深く深く、息を吐いた。

「これで、僕の授業を終わります。ここまで聞いてくれて、ありがとう。みなさん、この一ヶ月間、本当にありがとうございました」

先生が教壇から下りて、ぺこりと頭を下げた。では、日直の人。その瞬間、伊藤さんがぎくりと体を強張らせるのがわかった。蠟燭《ろうそく》の灯が吹き消されたような沈黙が、ふっと教室を包む。あれ、とつぶやいた宇手先生が、きょろきょろと辺りを見回した。

「日直の人」

伊藤さんは俯いたままだ。その背中が、微かに震えているように見えた。泣いているようにも、見えた。

「ええと、今日の日直は池田君と――」

先生が黒板を確認しようとした、その時だった。

「――起立」

澄みきった声が、教室に響き渡った。それが男の子の声だったのか、女の子の声だったのか。咄嗟にはわからなかった。もしかしたら藤村さんだったのかもしれないし、和久井さんだったのかもしれない。あるいは彼女らの会話を聞いていた、第三者かもしれない。あるいはそんな事情を知る由もない、他の誰かだったのかもしれなかった。

「礼」

全員が立ち上がったのを確認して、号令の続きを引き取るように、伊藤さんがつぶやいた。ぱちぱちぱち、とどこからともなく拍手が湧き起こった。クラスのみんなはもちろん、後ろの先生達も、戸塚先生も。そして、その中心にいるのは、何が起こっているのかわからないという顔で教壇の前に立つ、宇手先生の姿だった。


「高橋さんだと思った」

え、と顔を上げると、伊藤さんが草むらに手をついて、私をじっと見つめていた。

「さっきの、起立の声」

ああ、と頷き、迷った末に首を振る。

「……できなかった。ほんとは、言わなくちゃと思ったのに。声、出さなくちゃって思ったのに。怖くて、できなかったの」

ごめんなさい、と頭を下げると、伊藤さんは、なんでかちょっとばつが悪そうにそっぽを向いて、別にそんなのはいいけど、とつぶやいた。少しして、あーあ、と松葉杖を地面に投げ出す。今週の初め、伊藤さんの松葉杖が二本から一本に減った。お医者さんの話では、今月いっぱいで杖なしの生活に戻れるらしい。

「亜梨沙から絶交されちゃったよ。これから面倒臭ぁ」

宇手先生の授業の後、濱中さんと言い争う伊藤さんの姿を見かけた。二人の喧嘩は、濱中さんがいつものように癇癪《かんしゃく》を起こし、伊藤さんの机を蹴って教室を去っていく、というお馴染みの光景で幕を閉じていた。二人が一体どんな会話を交わしたのか、私にはわからない。けれど伊藤さんは、その口調とは裏腹に、随分すっきりした顔をしていた。

伊藤さんが、あつっ、と言いながらブラウスの裾をパタパタと扇ぐ。太陽の位置はすっかり低くなったというのに、温度がちっとも下がらない。生ぬるい風が、時折思い出したようにこの河川敷を吹き抜けていく。

「そろそろ、行こうか」

よいしょ、と松葉杖片手に立ち上がった伊藤さんが、よろめきながらも足を踏み出した。

「あ、伊藤さん」

横から支えようとすると、伊藤さんはやんわりとした口調で、大丈夫、と首を振った。

「……一人で立てるよ」

そう言って、階段のスロープへと手を伸ばす。

「やることもなくなっちゃったし、夏休みの予定も全部パーだし。まずはこれに慣れるのが先かな」

伊藤さんが、松葉杖をこつんと指で叩いてみせた。

「だから、今はこいつが三本目の足」

その後、伊藤さんは自分の体と松葉杖への重心移動を巧みに使い分けながら、狭い階段をなんなく上りきった。三本目の足、というのもあながち嘘じゃないらしい。

私達はそれから、河原沿いの道を隣り合って歩いた。伊藤さんは三本足、私は二本足で。歩き出して最初の頃は、伊藤さんの歩調に合わせるのが難しかったけど、慣れてしまえばどうってことはない。もちろん、惑星と惑星の間を飛び回るように、とはいかないけど。いちに、いちに、とリズムを取りながら歩くうち、あ、と気づいた。

二本足と、三本足。

これも、素数だ。伊藤さんに伝えようかと思ったけど、迷って結局やめてしまった。宇手先生の言うように、私達は孤独な生き物だから。私は伊藤さんのすべてを知らない。伊藤さんも、私のすべてを知らない。さきちゃんだって濱中さんだって、自分以外の誰とも、それを分かち合うことはできない。

でも、それでも。小さな孤独同士、隣り合って歩いていくことはできるだろうか。例えば数字の、二と三みたいに。そんなことを思いながら、一歩一歩、足を踏みしめる。びゅうっと耳元を吹き抜けた風に紛れて、依子、と誰かが私を呼んだ気がした。

よく知っているはずのその声が、一体誰のものなのか、すぐには思い出せなかった。高橋さん、と伊藤さんから名前を呼ばれて、そちらを振り返る。伊藤さんが言うには、明日は先月の最高気温をさらに更新するらしい。ふと顔を上げると、雲一つない青空が広がっていた。影送りでも見られそうな空。夏が、すぐそこまで来ている。

# ホモ・サピエンスの相《そう》変《へん》異《い》

その日は朝から、あまり食欲がなかった。無理矢理茶碗《ちゃわん》の残りを口にかき込み、ごちそうさま、と箸を置く。シンクで食器を軽くゆすぎ、リビングを出ようとしたその時、父がふいに私の名前を呼んだ。

「ひかり」

私を呼び捨てにする時、父の声はいつも少しだけうわずっている。下手な役者が慣れない台詞を読まされているみたいだ。私の呼び方が「ひかりちゃん」から「ひかり」に変わった時もそうだった。あの頃から、微妙な声の硬さは変わらない。

「その、どうなんだ。足の具合は」

「うん、もう大丈夫」

見て、ぜーんぜん問題なし、とフローリングの上で片足立ちになり、右足を大袈裟に曲げたり伸ばしたりしてみせる。

「……そうか。なら、よかった」

父はほっとしたように頬を緩め、再びテレビに目を戻した。母が隣で、「無理するんじゃないよ」とお茶を淹れる。あんたもいる？ と聞かれて首を振った。

「ちいちゃん、今日は学童の日だっけ」

「うん。私迎え行ってくる」

それを聞いた父が申し訳なさそうに、いつもごめんな、と目を伏せた。父の湯飲みから湯気がふわりと立ち昇る。そういえば最近、コーヒーを飲んでいないなと思った。この家でコーヒーを飲むのは、私と母だけだ。父は見てのとおり緑茶党だし、ちいはまだコーヒーが飲めない。そのせいか、母は毎朝仕事前に飲んでいたはずのコーヒーを常備しなくなった。

変わったことは他にもある。例えばお風呂の温度とか（父は肌がひりひりするくらい熱いお湯に浸《つ》かるのが好きで、父の後に入る時はいつもお風呂を水で埋めなくちゃならない）、靴下の畳み方とか、生ゴミを捨てる時の所作の違いとか。そもそも、私が物心ついた時には母はすでに離婚していて、家には私と母の二人きり——それが「ふつう」だったから、家に男の人がいる、というだけでも、なんだかちょっと変な感じがしてしまう。

ちなみに母は再婚する前も今も、隣町の調剤薬局で薬剤師として働いている。両親の出会いは今から四年前、腰痛持ちの父が整形外科に通っていた時に、母の薬局を度々利用していたことがきっかけらしい。当時はお互いに窓口で挨拶を交わす程度の関係だったものの、後日知人を介した食事会で再会を果たし、めでたく交際するに至ったそうだ。

再婚後の母は、人が変わったように料理に情熱を注いでいる。私と二人で暮らしていた頃は毎日働きづめだったこともあって、朝食はパン一枚で済ませることも多かった。そもそも作るのはそんなに好きじゃないと言っていたのだ。でも今は、毎朝五時半に起きて土鍋で四人分の米を炊き、いりこで味噌汁《みそしる》の出汁《だし》を取っている。他にもアジの干物や出汁巻き玉子、醬油《しょうゆ》のかかった冷ややっこに梅干しや佃煮《つくだに》といったご飯のお供まで、朝食のラインナップは様々だ。正直ちょっと張り切りすぎだと思う。

母がここまで食事に凝るのには理由があって、いちばんは、ちぃ——父の連れ子である、千咲の存在が大きい。母はそれを、はっきりとは口にしないけど。

父は母の淹れたお茶を最後まで飲み切り、手早く食器を片づけて、ごちそうさま、と席を立った。リビングに、私と母とちいの女三人が残された。ふと横を見ると、ちいは今もまだ、茶碗の中に半分以上残った納豆ご飯を箸でこねくり回している。

「ちいちゃん、もうお腹いっぱい？　あと一口だけがんばれない？」

母の言葉に、ちいはぶんぶんと首を振り、子ども用の箸をテーブルに投げ出した。こうなったらもう、テコでも動かない。ふと視線を上げると、母が途方に暮れたような顔で、ぐじゃぐじゃになった納豆ご飯を見つめていた。

ちいは元々食が細く、食べ終えるのも人より遅い。母が言うには、小学校でもしょっちゅう給食を残しているらしい。家族の顔合わせで、初めてちいに会った時もそうだった。レストランが用意してくれたお子様ランチのハンバーグは、半分も口に運ばれないうちにちいの手によってバラバラに解体され、見るも無残な恰好《かっこう》でプレートに横たわっていた。

早々に完食を諦め、満足気な様子でオレンジジュースを啜《すす》るちいの姿に私は思わず笑ってしまったんだけど、おじさん――その頃私はまだ、父をおじさんと呼んでいた――は、ひどく恐縮した様子で「すみません」とか「この子も緊張してるみたいで」とか、ごにょごにょ口にしていた。

身支度を整えて家を出ようとすると、母がわざわざリビングから出てきて、ひかり、と声をかけてきた。

「さっきの、本当に大丈夫なの」

「うん」

「あんまり無理しないでよ」

わざと笑いながら、さっきも聞いたよ、と返した。母の気遣いが、今の私にはちょっと重たい。それ以上会話を続けることが億劫になり、いってきます、とほとんど強引に会話を切り上げた。そのまま玄関のドアノブに手を掛ける。

外に出ると、気持ちのいい秋晴れの空が広がっていた。九月に入ってからというもの、暑さのピークは過ぎて過ごしやすい天気が続いている。秋の始まりを告げるやわらかな風をうなじに感じながら、お隣のマンションの敷地を抜けて、並木通りに入る。首を回すと、どこからか甘いカツラの木のかおりがした。

教室に入ると、亜梨沙とふじもん、さーやの三人が入口のすぐそばの席を陣取っていた。みんなが私に気づいて会話を止める。まずったな、と思いながらも、なるべく表情には出さないようにして前を通り過ぎ、そのまま自分の席についた。大沢君達が私達を見てにやにやと笑いながら、何か言い合ってるのがわかる。

このところ、私達四人の関係は微妙だ。亜梨沙とはずっと、冷戦状態が続いている。大きな衝突もない代わりに、ほとんど交流もない。夏休み、亜梨沙と一度も顔を合わせなかったのは亜梨沙と知り合って以来初めてだ。

ふじもんは最近、あからさまに私を避けるようになった。目が合っても、顔を強張らせて視線を逸らしてしまうことが多い。多分、亜梨沙から何か言われているんだろう。

ふじもんとは亜梨沙と同じく小学校からの付き合いだけど、昔からそういうところがある。なんというか、グループ内で主導権を握っている子に極端に弱い。そのせいで、必要以上に亜梨沙の機嫌を取ろうとする。私には時々、ふじもんが亜梨沙の家来みたいに見えてしまう時があって、それが嫌だった。

そういうのやめたら、とふじもんに言ったこともあるけど、ふじもんからは即座に、ひかりにはわからない、と返されてしまった。

『ひかりはここじゃなくてもいいもんね。私は違う。この教室の、このグループしかないんだもん。そういう気持ち、ひかりみたいな人にはわからないでしょ？』

いつもグループのムードメーカーで、お喋りなわりに自分の意見は呑み込みがちなふじもんが、その時初めて本音を話してくれたような気がした。でもふじもんは、そんな自分を恥じるように、なんちゃってね、とつぶやいたきり、それ以上何かを語ることはなかった。

一方で、さーやとは以前よりも少しだけ距離が縮まった。さーやは、隣町にある和久井こどもクリニックの一人娘だ。今年のクラス替えで、初めて同じクラスになった。ハーフアップにした黒髪ロングに、膝丈のスカートがトレードマーク。いかにも優等生風の見た目からもっとおとなしい性格なのかと思っていたけど、付き合ってみると意外にさっぱりした性分で、嫌なことははっきり嫌と言う。私が亜梨沙から、教育実習生の先生を無視しろ、と言われた時もそうだった。

『ひかり、本当にやるの？』

さーやからそう聞かれて、わからない、と私は答えた。

『……わたしは反対。こういうの、ほんとくっだらない』

くだらない、という言葉のとげとげしさに思わず顔を上げると、さーやはばつの悪そうな顔で私から目を逸らした。ちょっと意外だった。他所《よそ》は他所、自分は自分、がモットーのさーやはこういう時、我関せずを貫くタイプだと思っていたから。

それ以来、さーやは二人きりの時を見計らって、ちょくちょく私に話しかけてきてくれる。さーやなりに亜梨沙を諌《いさ》めてくれたりもしてるみたいだけど、あまり効果はなさそうだ。

がたん、と大きな物音がして、教室にいた全員がそちらに注意を向けた。

「あ、ごめん……」

高橋さんだった。教室に入って早々、何かにつまずいたらしい。余程恥ずかしかったのか、顔を真っ赤にして、小走りでこちらにやって来る。高橋さんは多分あんまり運動が得意じゃなくて、よくそこらで体をぶつけている。高橋さんが自分の席に着く瞬間、斜め前の席にいた私とちょうど目が合った。おはよ、と口を動かすと、高橋さんははにかみながらも、おはよう、とそれに答えた。

高橋さんは、クラスではちょっとだけ浮いてる。特定の誰かと一緒にいるところも、あまり見ない。何をするにもみんなよりワンテンポ遅くて、午後の授業が始まるギリギリまで机にお弁当箱を広げている。そういうところが、どうしてか気になる。

いつだったか、調理実習の時間に高橋さんの手元を覗いたら、一人だけピーラーじゃなくて、包丁でじゃがいもを剝いていた。いつもは猫背の高橋さんの背中が、あの時だけはしゃんと伸びていたことを思い出す。じゃがいもは剝きたてのゆで卵のようにつるりとしていて、芽もきれいに除かれていた。それを言うと、高橋さんはぶんぶんと首を振ってみせた。

「私、元は不器用だし。たくさん練習したから、できるようになっただけ。でもそのおかげで、果物とか野菜の皮剝くのだけは好きなんだ」

正直、驚いた。料理をすることに練習するとかしないとか、あるいは、どの作業が好きとか嫌いとか、そういう指標が存在することに。自慢じゃないけど、私は料理ができない。包丁だって、ほとんど持ったことがないくらいだ。

あるとしたら、五歳の時に一度だけ。母の目を盗んで包丁を持ち出し、うっかり手を滑らせて指を切ってしまったことがある。

『勝手に刃物を触っちゃだめって言ったじゃないの。一歩間違えてたら、指を落としてたかもしれないんだから』

母はぷんぷんと怒りながら、私の指に絆創膏《ばんそうこう》を巻き付けてくれた。

『ひかり、ありがとうね。お母さんに、りんごを剝いてくれようとしたんでしょう?』

私はその時、風邪で寝込んでいた母をどうにか元気づけたかった。食欲がなくても、りんごくらいなら食べられるかもしれない、と考えて。

なのに、結局母の風邪は長引いたし、私は余計な傷を増やしてしまった。その時、学んだことがある。まず、りんごは皮が付いたままでも食べられる、ということ。それから、自分に向いていないことを無理してやる必要はない、ということ。

できないことを無理にやろうとするよりも、できることを伸ばした方がいい。母が教えてくれたその考えには随分救われたし、今でもそう思うけど、「自分に向いていないこと」ができる人には、やっぱりちょっと憧れる。

「……高橋さんは、すごいね」

高橋さんはそれを聞いて、鳩が豆鉄砲を食ったような顔をしていた。当たり前だけど、高橋さんにも学校にいる時と家にいる時では違う顔があって、いちクラスメイトの私がそのすべてを知ることはないのだろう。そのことに気づいて初めて、高橋さんという人の輪郭に触れた気がした。

「はい、静かにしてください。席について」

予鈴のチャイムとともに、戸塚先生が教室に入ってくる。さりげなく教室を見回すと、一人のクラスメイトと目が合った。亜梨沙だ。亜梨沙がいつのまにか、私をじっと見つめていた。絡みつくような視線に、最後に亜梨沙と会話を交わした時の記憶が蘇った。

『……は？　なんて言ったの、今』

亜梨沙はあの時、裏切り者の臣下を断罪せんとする王様のような目で私の顔を見据えていた。

『こういうこともうやめて、って言った』

『こういうことって？』

『急に先生無視しろとか、友達なら言うこと聞いてとか、そういうの全部』

私のこと、まだ本当に友達だと思ってくれてるなら。それを聞いた亜梨沙が、はは、と乾いた笑い声を上げた。何がおかしいの、と聞くと、亜梨沙は鼻白むような顔で私を見返した。

『それって結局、ひかりがあたしを嫌いになった、ってことでしょ』

『なんでそうなるの。私は……』

亜梨沙が私の言葉を遮るように、だって、とつぶやいた。

『友達ならできるはずだよ。あたしのために、なんだって』

『……そんなことない。友達のためだって、できないことはあるよ。亜梨沙の言う「友達なら」は、相手が自分のためにどれだけ自分を殺せるのか、それを試してるだけみたいに見える』

すると亜梨沙が、ふざけんな、と声を荒らげた。その声に、ふじもんがびくりと体を強張らせる。

『都合のいい時だけ、自分からすり寄ってきて』

突然、頬を張られたような気持ちになった。そんな風に思われていたなんて。

『そんなつもりはなかった、けど』

そういう風に映ってたなら、謝る。そう言って頭を下げると、亜梨沙がわなわなと唇を震わせながら、何それ、と吐き捨てた。

『何が謝るだよ、そんなこと一ミリも思ってないくせに。どうせ足が治ったら、あっちに戻るんでしょう？　うちらのことなんかどうでもよくなるくせに』

『……それは』

頭の中で言葉がからまり、うまく声にならない。どうしてだろう。怒っている時の亜梨沙は、どれだけ周囲に言葉の刃《やいば》を振りかざそうと、いつも自分が傷つけられた子どものような瞳をしている。黙り込んだ私に、亜梨沙の眼差しから少しずつ熱が奪われていくのがわかった。しばらく経って、亜梨沙は私に見切りをつけたように踵を返した。

遠巻きに私達のやり取りを見ていた男子達が、女こえ〜、とはしゃいだような声を上げる。

声のした方をきっと睨むと、男子達は蜘蛛《くも》の子を散らすように逃げて行った。彼らはいつも、こわい、という言葉をまったく怖くなさそうな口ぶりで使う。そういうところが、うざい。でも本当にうざいのは、そういう言葉を一瞬でも信じそうになってしまう自分自身だ。

「じゃあ、やっぱりその……。本格的な練習はまだ、難しいってことだよね」

部長はそう言って、地面に三角座りをしたまま、こちらに顔を向けた。はい、と頷く。ちょうどジョギングコースから戻ってきたらしい部活仲間の、ハイオー、ハイオー、という懐かしいかけ声が耳に届いた。少し前まで毎日目にしていたはずの光景が、まるで遠い昔の出来事のように思える。

「多分、あと一ヶ月くらいは」

すると部長は、マジかあ、と言って膝の間に顔を埋めた。すみません、と頭を下げると、部長が慌てたように起き上がり、いやいや、と大きく手を振ってみせた。

「伊藤が悪いんじゃないし。でもその、なんていうか。正直言うと、今年は県でもいいとこ狙えるかな、なんて思ってたからさ」

「いやでも、はい。私は今も、そのつもりで」

「あ、だよね。それはもちろん、うん」

そうは言いながらも、部長の表情は冴《さ》えない。当然だ。夏も終わろうとしている中、まともにトレーニングもできていない私がすぐに本調子に戻れるとは思えない。一ヶ月後の大会なんて、夢のまた夢の話だ。

「……ていうか伊藤、ちょっと顔色悪くない？」

その言葉に、え、本当ですか、と自分の頬を擦《こす》る。部長が何か言いかけたその時、ひかり、と遠くから名前を呼ばれた。

「なんだ、来てたんだ」

同級生の何人かが私に気づいたらしく、ぶんぶんとこちらに手を振ってくる。

「久しぶり」

「お土産とかないのー？」

「ない、ない。ちょっと寄っただけ」

「マジでー？　けちくさぁ」

それを聞いていた部長が横から、こら、全員さっさと練習戻りなさい、と発破をかける。

「はーい。すみませーん」

みんな、ぞろぞろと校庭に戻っていった。今日は顧問の先生が職員会議で不在のせいか、いつもより空気がゆるい。部長が、仕方ないな、という風に小さくため息を吐いた。

「伊藤がいないから、みんな気ぃ緩んじゃって」

「……すみません」

思わず口をついて出た言葉に、いや、そういう意味じゃなくて、と部長が目を白黒させた。

「いちばん悔しいのは本人だろうし」

なぜかそれに答えることができず、黙っていると、当然会話は途切れた。気まずい沈黙が流れる。

「あの。すみません、邪魔しちゃって。部長も練習、戻ってください」

そう切り出すと、部長が、少しだけほっとしたような顔で、ああ、うん、と頷いた。

「伊藤は今、放課後何してんの」

「いろいろです。あ、でも遊んでるわけじゃないですよ。週に何回か、リハビリに通って。あとは妹が学童に通ってるんで、その迎えですかね。今日もですけど」

するとと部長が、記憶に思い当たったかのように、あああの子か、と声を上げた。

「あの子、伊藤に似てるよね」

「……そうですか」

一度学童からの帰りに、ちいをここに連れてきたことがある。みんな結構かわいがってくれた（ちいは人見知りを発揮して、全然喋らなかったけど）。私は、ちいが父親の連れ子だということを、なんとなくみんなには言えなかった。

「じゃあ、早く行ってあげないと」

はい、と言って立ち上がると、何歩か進んだところで、伊藤、と後ろから呼び止められた。振り返ると、部長が何かを言い淀《よど》むように、もごもご口を動かしていた。

「その、こういう時なんて言っていいかわかんないけど……」

部長の後ろで、校舎裏の山の向こうに、太陽がゆっくりと沈んでいくのが見えた。

「しっかり治して。そんで絶対戻ってきてよ。あせんなくていいから。うちら、ずっと待ってるから」

部長はそこまで言って、照れ臭そうに私から顔を背けた。

「……はい」

西日と逆光で、部長の表情まではよく見えない。私は部長がいなくなるまで、その場で頭を下げ続けた。どうかどうか、このひどい顔が部長からは見えていませんように、と祈りながら。

部長と別れ、体育館裏のトイレで用をたしている最中、トイレットペーパーの赤い染みに気づいた。なんとなくそんな気はしていたものの、それを目にした瞬間、気持ちが沈んでいくのがわかった。

はあ、とため息を吐きながら個室から出て、手洗い場でいつもよりしっかりめに石鹸《せっけん》を泡立てる。すでに、腰に纏《まと》わりつくようなだるさを感じていた。鏡に映った自分は、部長の言う通りいつもより顔色が悪い。朝の食欲のなさはこれだったんだ、と答え合わせのように思う。

その時、唐突に思い出した。そういえば、亜梨沙と初めて喋ったのも学校のトイレだったっけ。

『亜梨沙、ちゃん』

あれはたしか、小学四年生の冬。その日は朝からずっとお腹が痛くて、体も熱っぽかった。おかしいな、と思ってトイレに駆け込むと、パンツが汚れていた。あれが私の初潮だった。

もちろん授業では習っていたし、自分にもいつかくるだろうと思っていたけど、まさかこんなに早いとは思わなかった。クラスでも、生理がきた人なんて聞いたことがない。突然のことに、ナプキンも用意がなかった。今ここで、それをどうやって手にいれればいいのかも思いつかない。

『あ』

トイレットペーパーを重ねられるだけ重ねてトイレを出ると、手洗い場で亜梨沙と会った。その時は、いやだな、と思った。亜梨沙とは、まだあまり仲良くない。当時クラス委員を務めていた亜梨沙は、女子のまとめ役として先生からの信頼も厚かった。正義感が強く、必要とあらば男子にだって食ってかかろうとする亜梨沙を、それまでは、ちょっと苦手だなとすら思っていた。

その子に、こんなところ見られたくない。下半身の心もとなさに、そそくさとトイレを出ようとする。そんな私を見て、亜梨沙が、あ、という顔をした。私の歩き方を見て、ぴんときたらしい。

『もしかして、生理?』

あっさり言い当てられて、俯いたまま、こくりと頷いた。

『ちょっと待ってて』

亜梨沙はそう言って、トイレを出て行ってしまった。わけもわからずその場に立ち尽くす。戻ってきた亜梨沙は手にポーチを持っていて、これ、と中からナプキンを取り出した。

『使えば』

何を考えているのか、全然わからない。ぶっきらぼうな口調に戸惑っていると、亜梨沙は怒ったような顔のまま、いいから早く、とナプキンを押し付けてきた。躊躇いながらも、おずおずとそれを受け取った。

『……ありがとう』

トイレから出ると、私を待ってくれていたらしい亜梨沙が、どういたしまして、と顔を上げた。

『あたしも先月、きたばっかなんだ』

ほんとやんなっちゃうよね、女って。亜梨沙がそっぽを向いたまま、そうつぶやいた。その言い方が、なんかよかった。嫌い、でも、面倒臭い、でもなく、ほんとやんなっちゃう。わざとはすっぱな口調で言われて、思わず笑ってしまった。だって私達、まだ女子なのに。女って、なんかすごく変な感じ。ほんとだね、と返すと、初めて亜梨沙が私の目を見て笑った。

その時わかったことが、いくつかある。今まであまり話したことのなかったクラスメイトは、怒っているんじゃなく照れているんだってこと。その子の額に、ぽつぽつと赤いニキビが散っていること。クラスではどちらかというと「強気な女子」の部類に属しているこの子が、本当はやさしい子だってことも。

その出来事をきっかけに、私と亜梨沙は友達になった。もちろん、仲のいい子達は他にもたくさんいた。でも、亜梨沙はその中でも特別だった。たしかその時、クラスで生理がきていたのは私と亜梨沙だけだったと思う。そのせいか、私達の間には世界で二人だけの国家機密でも共有しているかのような連帯感が生まれていた。亜梨沙になら、なんでも話せた。学校のことや、自分の体のこと、家族のこと。ふつうの友達には話せないような、どんなことも。それは多分、亜梨沙も同じだったと思う。

『今度あたしの家に遊びに来ない？　うち、工場やってるでしょ。昼間は仕事で親いないんだ』

ひかりんちと一緒だよ。私を初めて家に誘ってくれた時、亜梨沙はそう言って、共犯者みたいな笑みを浮かべていた。ああ、そうだ。私達はいつのまにか、お互いの名前を「亜梨沙」「ひかり」と呼び捨てで言い合うような仲になっていた。

亜梨沙の家は、川沿いの道路から細い小道に入ってすぐのところにあった。祖父の代から続く板金工場は、家族ぐるみの経営だとかで、亜梨沙の両親は家を空けていることが多いらしい。そのせいもあってか、亜梨沙は根っからのおばあちゃん子だった。

私達はいつも、亜梨沙が普段入り浸っているという「おばあちゃんの寝室」で過ごした。亜梨沙のおばあちゃんは孫に目がなくて、友達である私のことも随分かわいがってくれた。遊びに行くと、お茶請けの皿いっぱいにお煎餅やらチョコレートやら、小分けのお菓子がたくさん用意してある。おばあちゃんが内職している横で、亜梨沙とゲームをしたり、お絵かきをしたりするのが好きだった。

どうしてだろう。あの頃の方が喧嘩することも多かったはずなのに、その分、仲直りもできていた気がする。今はもう、そのやり方がわからない。私達はいつから変わってしまったんだろう。昔の亜梨沙は、あんな風に人を試すような子じゃなかった。頭に血が昇ることはあっても、むやみやたらに、人を傷つけたりしなかった。ううん、今だってそうだ。私と二人きりの時、亜梨沙はもっと。

「痛……」

唐突に、下腹部を棒でえぐられるような痛みを感じて、咄嗟に目を瞑った。ようやく痛みが治まり、ゆっくりと瞼を開けると、手洗い場の蛇口から排水口に向かって止めどなく水が流れていた。それをじっと見つめる。私は、いつかの亜梨沙を思い出そうとしていた。あの時、不安でいっぱいだった私を笑わせてくれた、まだ幼さの残る屈託のない笑顔のことを。


「えっ」

靴箱の前で思わず声を上げると、指導員の佐々木《ささき》さんが困ったように頷いた。

「ほんとに、ちいがそんなことしたんですか」

佐々木さんが、そうなの、と声を潜め、ちらりと視線を動かした。当のちいは、しきり窓の向こうで床に座り、けろりとした顔でお絵かきをしている。そのおでこに、キャラクターがプリントされたピンク色の絆創膏が貼られているのが見えた。

ちいが、学童の子と喧嘩をした。最初に相手を叩いたのはちいだという。怒った相手がヒートアップして、ちいを力任せに突き飛ばした。ちいはその場で床に転げ、机の角にぶつけて頭を切ってしまった。相手は、ちいより一回りも体の大きい男の子だった。

「でも元々はね、相手の男の子が千咲ちゃんのお友達の分のお菓子を勝手に取っちゃって。それで千咲ちゃんが、代わりに怒ったの。そしたら喧嘩になっちゃって……」

「ちいが、ですか」

「千咲ちゃんは、友達思いだから」

友達のために怒るちい、というのは、頭では理解できてもうまく想像できない。

「……ちいって、学童で何話してますか」

「え？」

佐々木さんが首を傾げる。

「ちいは、家だとあんまり喋らないから」

ちいの無口は筋金入りだ。父から、小さい頃言葉を覚えるのも遅かった、と聞いた。発達に問題がある、と疑った母方の祖父母が、幼稚園に上がる前に検査を受けさせに行ったこともあるらしい。でも、診断結果の中に彼らが望んでいたような「しるし」は見つからず、それが余計にちいの母親を苦しめたみたいだ。

その反動なのかなんなのか、ちいは時々、家でも癇癪を起こすことがある。ちいがそうなった時、それに対処できるのは父だけだ。母はそういう時、暴れ回るちいをなすすべもなく見つめている。

「ちいの本当に好きなものとか、苦手なものとか。私はちいのこと、何も知らないんじゃないかって」

佐々木さんがくすりと笑って、そんなの誰だってそうだよ、と言った。その言葉に、え、と顔を上げる。すると、佐々木さんはやけにさっぱりとした口調で言い切った。

「誰も他人のことなんてわからない。でも、それでいいの。一緒に暮らしてる家族だって、本当は何考えてるかなんてわからないんだから」

「……佐々木さんもですか」

え、私？　と佐々木さんが首を傾げる。

「佐々木さんも、その。旦那さんに言ってないこととか、ありますか」

それを聞いて、佐々木さんは目をぱちくりさせた後、そりゃそうよう、と豪快に笑った。

「おばさんの心は海より深いんだから」

そう言って、ふふふ、と口元を押さえる。佐々木さんの左手の薬指には、控え目な宝石とあちこちに細かな傷の入った銀色のリングがきらりと光っていた。


「……あ。鳥」

学童からの帰り道、ばたばた、と激しい雨だれのような音を聞いた。思わず顔を上げると、何羽、何十羽という渡り鳥が群れになって、宵の空を一斉に飛び立っていくところだった。気味が悪いくらい、きれいに整列している。その群れから少し遅れて、二羽のつがいが空を飛んでいく。さっきの鳥達の仲間だろうか。迷ったのか、はぐれてしまったのか。でもそれにしては、すごく気持ちよさそう。まるで道案内があるかのように、雲一つない薄紫色の空にきれいな弧を描く。

「ちい、今の見た？　すごいね。なんて名前の鳥だろ」

とその時、太ももの辺りでスカートが震えて、ポケットに手を伸ばした。その瞬間、ちいの左手に少しだけ力がこもるのがわかった。チカチカ光る画面を覗くと、メッセージの送信者は父だった。ちい、と話しかけると、ちいがゆっくりとこちらを向いた。

「今から帰るって、おじさんから連絡きた。今日はシチューだってさ。お母さんのリクエストだって。なんか久しぶりじゃない？　夕食にあったかいものが出てくるの」

それを聞いたちいの足が止まった。おっと、と腕を引っ張られ、私も立ち止まる。

「……何？　どうしたの」

ちいが、何か言おうとしてるのがわかった。顔を近づけて、ちいの言葉に耳を澄ます。

――ないで。しばらくして、微かに震えるような声が鼓膜を揺らした。

「言わないで」

ちいの声だった。久しぶりに、声を聞いた気がした。

「それって……。お母さんに？　それとも」

蚊の鳴くような声で、どっちも、とちいがつぶやく。

「……わかった」

そう答えると、ちいがほっとしたように表情を緩めた。

「ただし」

そう言ってしゃがみ込んだ私に、ちいが首を傾げた。ちょうど同じ目の高さになったちいの頭の先から、乳臭くて少しすっぱい、子ども特有のつむじのかおりがした。

「ちいも、黙っててくれる？　私がさっき、お父さんをおじさんって呼んだこと」

そう言って、片目を瞑る。するとちいは思いのほか真剣な顔で、その提案に頷いてくれた。

私はちいの前でだけ、父をおじさんと呼ぶことがある。私達がまだ、家族じゃなかった頃と同じように。もちろん普段は、お父さん、だ。でも時々、本当に時々だけど、父を父とは呼びたくない、そんな日もあるのだ。そして、今も母のことを「お母さん」と呼ばないちいの前でだけは、それが許されるような気がする。これは私とちいの、二人だけの秘密だ。

よし、と笑ってちいの腕を引っ張ると、それに負けないように、ちいが私の指を握り返してくるのがわかった。子どもの指って、あったかいんだな。自分も子どものくせに、そんなことを思った。ふと顔を上げると、さっきよりも濃さを増した紫色の空の向こうに、きらりと輝く一番星が見えた。


思い返してみると、私が陸上に出会ったことと、亜梨沙との関係が変わっていったことは、無関係ではないのだと思う。

五年生に上がってすぐの頃、体育の時間に担任から声をかけられた。

『桐生さん、足はやいんだねえ。よかったらこれ、入ってみない?』

そう言って、担任は私に一枚のプリントを見せた。それは自身が顧問を務めているという陸上クラブの勧誘チラシで、選手が足りず困っているという。一人が嫌だったら、友達が一緒でもいいからね。それだけ言うと、担任はチラシを渡して私のもとを去って行った。

その時は、ふーん、くらいの気持ちだった。もちろん、褒められていやな気持ちはしない。体を動かすことは嫌いじゃなかったし、実際クラスでも足ははやい方だったたから。

『陸上クラブ、かあ』

その日の放課後、待ち合わせをしていた亜梨沙に、実はね、とそのチラシを見せてみた。五年生のクラス替えで、私達はクラスが分かれてしまった。だからこうして一緒に帰ることはあっても、四年生の時のように四六時中べったりしていられるわけじゃない。私が陸上クラブに興味をもったのは、そういう理由もあったのだと思う。予想通り、亜梨沙の反応は鈍い。ひかり、これやるの？　そう聞かれて、わざと興味のない風を装った。

『うーん、どうだろ。入ったら入ったで、放課後潰れちゃうだろうし』

すると亜梨沙は勧誘チラシをじっと見つめて、意を決したようにつぶやいた。

『……ひかりが入るなら、あたしも入ろうかな』

『あ、ほんと？　じゃあ、見学くらいは行ってみよっか』

キツかったらやめればいいもんね。そう言って笑いかけると、亜梨沙が、絶対先にやめたりしないでね。やめる時は一緒ね、と念押しするように繰り返した。

『わかってるって。亜梨沙の方こそ、見捨てたりしないでよ』

すると亜梨沙はちょっとだけ怒ったような顔で、こう答えた。

『見捨てたりなんかしないよ。ひかりは友達だもん』

そんな風にして、私は陸上を始めた。

いざやってみると、走ることは楽しかった。自己ベストを更新した時なんかは特に、全能感、としかいいようのない感覚を覚えることがある。例えるなら、初めて自転車に乗れた時や、逆上がりができた時のような。それは私にとって、何物にも代えがたい体験になった。

私はその頃、自分の体が好きじゃなかった。頼んでもいないのに勝手に膨らんでいく胸や、丸みを帯びていく体。月に一度襲ってくる腹痛と、意思に関係なく垂れ流される血液。歳を重ねるごとに自分の体へのままならなさが強まっていく中で、久しぶりに自分の体を自分のものだと思えた気がした。

とはいえ、楽しいことばかりとは言えない。もちろん辛いことだってある。思うように記録が伸びなければ、すごく悔しい。よりはやく走りたければ、絶え間ない努力を続けるしかなく、けど真面目に取り組めば必ず結果がついてくるというわけでもない。

今日こそ昨日の自分に勝てるかもしれない。あるいはまた負けるのかもしれない。不安を抱えてスタートラインの白線に立つ時、私はひとりだった。その場所に、他人の期待や応援を持ち込むことはできない。持ち込むことを許されているのは、それまで積み上げた練習の記憶と、自分の体ひとつだけ。陸上を始めるまで、走るという行為がこんなにも孤独なものだとは知らなかった。

自分の、自分だけの孤独を大切にしてください。

教育実習の先生が言っていたその言葉の意味が、私にはわかる気がする。不安な時、孤独を感じた時に手を繋げる誰かがいるということ、それ自体はとても素晴らしい。でも、誰かと手を繋いだままでは、手に入れられないものもある。この世には、ひとりぼっちにならなければ辿り着けない場所があるということを、私は陸上に出会って初めて知った。

私が陸上にのめり込む一方で、亜梨沙との距離が開いていったことも事実だ。亜梨沙は次第に、練習をサボりがちになっていった。ひかりがいるからしばらく我慢してやってみたけど、やっぱり合わない、と言う。

『思ったより、本格的っていうか。ひかりとも、全然喋れないし。なんか、思ってたのと違うかも』

結局、亜梨沙は三ヶ月も経たないうちにクラブをやめてしまった。といっても、入部した直後から筋トレがキツいとか、六年生の先輩が怖いとか愚痴を漏らしていたから、遅かれ早かれこうなっていただろうとは思う。

それから何度か、放課後のグラウンドに向かう途中で知らない子達と笑い合う亜梨沙の姿を見かけた。亜梨沙は亜梨沙で、新しいクラスでも楽しくやっているようだった。それを見て、正直ほっとした。そのうち「ひかりはいつやめるの」と言われる気がして、ひやひやしていたから。

亜梨沙に彼氏ができた、と聞いたのは、それから間もなくのことだった。相手は私も知っている、亜梨沙と同じクラスの男の子。以前から噂は流れていたけど、なんとなくみんな聞けずにいた。ふじもんが思い切って話を振ってみたところ、あっさり認めたらしい。

『亜梨沙、彼氏できたんだって?』

二人きりの時に、初めてその話を振ってみると、亜梨沙はぴたりと笑うのをやめて、ああ、と頷いた。うん、実はそうなんだ。

『……なんで教えてくれなかったの？　相談くらいしてくれてもよかったのに』

気まずい空気をごまかすように、思ってもいないようなことを言った。すると亜梨沙は、びっくりするくらい硬い表情で、あたしばっかり、とつぶやいた。

『え』

『なんであたしばっかり、ひかりになんでも話さないといけないの?』

それ以来、亜梨沙と恋愛に関する話はしたことがない。

その彼氏とは二ヶ月も経たないうちに別れて、次の彼氏も中学校に入る前に別れた。今亜梨沙が付き合っているのは、ＳＮＳを通じて知り合ったという他校のダンス部の男の子。その子とは一回別れたり、またくっついたりを繰り返しながら、どうにか続いているみたいだ。そういえば途中で、教育実習生の先生に現《うつつ》を抜かしたりもしていたっけ。これも全部亜梨沙本人からではなく、ふじもんとさーやが教えてくれた。

『この前、誕生日にプレゼントもらったんだって。亜梨沙の彼氏やさしいよね』

その話に、へえうらやましい、と相槌を打ちながら、なんだ、私がいなくたって全然大丈夫じゃん、とどこか拍子抜けしたような気持ちになったのを覚えている。

ちいが満面の笑みを浮かべて、ぎゅっと握った拳をこちらに突き出してきた。

「何？　なんかくれるの？」

ありがとう、と手を差し出すと、ちいはにやにやしながら指を開いた。かさ、と音がして、得体のしれない何かが手のひらを這う。恐る恐る覗き込むと、鮮やかな黄緑色の体に二本の触角を生やした物体が、針金みたいな手足を擦り合わせるようにして動かしていた。

バッタだ、と確認する暇もなかった。ぞぞぞ、と悪寒が背筋を駆けのぼり、気づいた時には悲鳴を上げていた。

ぎゃあ、と叫びながら、半泣きでぶんぶんと手を振る。地面に投げ出されたバッタはものすごい跳躍力で飛び回りながら、草むらの向こうに消えて行った。呆然と、その後ろ姿を見つめる。尻もちをついた私を見て、ちいが肩を震わせながら膝に顔を埋めていた。

「ちょっと、二人とも！」

「成功、成功」

顔を上げると、ちいの後ろでさーやがゲラゲラと笑っていた。二人で私を驚かせようとしたらしい。

「私、虫苦手だって言ったじゃん」

二人は私の話なんか聞いていない。ちいがさーやのもとに駆け寄り、いえーい、とハイタッチする。その後ろで、強い西日に照らされた川面《かわも》が絶えずきらめき、辺りに光を放っていた。

「ちい、あんまり遠くにいくんじゃないよ」

ちいは虫採りに飽きたらしく、今度は川辺の石ころに興味を示している。私の声が聞こえているのかいないのか、地面にしゃがみこみ、お気に入りの石を探しているようだった。

「なんか、ごめんね。邪魔しちゃって」

そう言って、さーやが私の隣に腰を下ろした。ううん、と首を振る。実はほんの一時間前まで、さーやが今座っている場所には高橋さんがいた。元々、ここで落ち合う約束をしていたのだ。高橋さんにちいを紹介するために。そこにたまたまさーやが通りかかり、声をかけてきた。

『あれ、ひかり？　何してんの？』

さーやこそ、と聞くと、塾の帰りだと言う。高橋さんは私とさーやの顔を交互に見比べ、「あー！　私おつかい頼まれてたんだった！」と突然声を張り上げて、逃げるようにその場から走り去っていった。引き留める暇もなかった。気を遣ってくれたんだろうけど、いくらなんでも棒読みすぎる。高橋さんに役者の才能はないらしい。

「知らなかった。ひかりって、高橋さんと仲良かったんだ」

「……うん。そうなんだ」

「なんか意外」

そうつぶやいたきり、さーやが何も言わないので私も黙っていると、このタイミングで黙るのかよ、と肩を小突かれた。

「え、だってそうなんだもん。最近仲良くなったんだ」

さーやが私を見つめて、「ちょっとだけわかった気がする。亜梨沙の気持ち」とつぶやいた。え、と振り返ると、なんでもない、と首を振る。直接何か言われたわけじゃないのに、どうしてか責められているような気持ちになった。

「今のことって、亜梨沙にも話せてない感じ？」

「……うん」

後ろめたさが顔に出たのか、さーやは私を見てくすりと笑った。

「ま、そーだよね。話したら話したで、面倒臭いことになりそうだし。あいつ、結構嫉妬深いからなあ」

「面倒ってわけじゃないけど……」

いいのいいの、わかってるって、とさーやが私の肩をぽんと叩く。

「ひかり、亜梨沙とは最近どうなの」

「……どうもこうもないよ。見たらわかるじゃん」

亜梨沙はもう、私の起こす行動すべてが気に喰《く》わないみたいだ。昨日なんて、体育のバレーの時間に私が亜梨沙を狙ってボールをぶつけてくる、と言って試合を中断させるし（亜梨沙がレシーブ下手なだけ）、私が亜梨沙を睨んだ、という理由でわざわざ休み時間に文句を言ってきた（最初に睨んできたのは亜梨沙の方だ）。

「あと、ふじもんも。亜梨沙のせいか知らないけど、最近態度キツいんだよね」

それを聞いて、さーやが「ああ、史穂《しほ》か」とつぶやいた。あれ、と思う。さーやはいつから、ふじもんを呼び捨てるようになったんだろう。

「史穂の性格的に、仕方ないんじゃない」

「でも、ちょっとくらい中立保ってくれたってよくない？」

するとさーやが何かを言いかけ、途中で止めた。少しして思い直したように、ねえ、ひかり、と再び口を開く。

「史穂んち、お母さんが家出中って知ってる？」

「え」

「どうせまた戻ってくるとは言ってたけどね。ちょっと前から、家がそういう感じだったみたい。子どもがいるとこで、ふつうに怒鳴り合いとかしちゃうんだって。史穂が人の喧嘩とかを嫌がるのって、そういうのもあるんじゃないかな」

びっくりした。今まで知らなかったふじもんの家の事情はもちろん、さーやにそこまで話すんだ、ということにも。いつも明るくて、お調子者のふじもん。ふじもんはさーやに、どんな顔を見せているんだろう。私の知るふじもんとさーやの知るふじもんは、違うのだろうか。私から見えている亜梨沙とさーやから見えている亜梨沙が、まるで違うように。

「知らなかった」

「史穂も、誰にも話してないって言ってた。これ、わたしが言ったって史穂には秘密ね」

そう言って、人差し指を唇に当てる。

「史穂は、ひかりがうらやましいんだと思う。ひかり、家族と仲良いでしょ。みんなで食事に行ったとか、旅行したとかよく聞くし。そういうの、自分の家と比べちゃうってのはあるかもしれない」

「そう、なんだ」

「いきなりこんな話してごめんね。でも、ひかりには言っといた方がいいかなって」

ううん、ありがと、と首を振る。たしかに、ちょっと落ち込んだ。知らずにふじもんを傷つけていたことはもちろん、自分の家族が周りの人からはそう見えるってことが。そんな風に思われるほど、いいものじゃないのに。

「私、ふじもんのことは全部亜梨沙の差し金なんだろうって思ってた」

亜梨沙もいい迷惑だね、と言ってさーやが笑う。

「さーや、史穂に信頼されてるんだね」

さーやがびっくりしたような顔で私を見返した。照れているのか頑なな口調で、そういうんじゃないよ、と首を振る。

「史穂は、自分の秘密を打ち明けられる相手が欲しかっただけだからさ」

え、と聞き返すと、さーやは「みんなそんなもんだよ」と私の顔を見た。

「信頼とか、そんなおおげさなものじゃなくて。このグループには好きな人を打ち明けようとか、この子にだけは自分の弱みを打ち明けられるとか。相手が自分にだけ秘密を話してくれたらうれしいじゃない？　自分が選ばれたみたいで。ごっこ遊びみたいなもんだよ。ひかりだって、亜梨沙には言えるけど、わたしとか史穂には言えないってこと、あるでしょう？」

さーやはそう言ったけど、私なら、ふじもんやさーやに言えないことはきっと亜梨沙にも言わないだろうな、と思った。昔とはもう違う。今の私は、亜梨沙に何も引き渡せない。私がこうじゃなかったら、私と亜梨沙の仲はここまでこじれなかったんだろうな、とも。

「全然心当たりない、って顔してるね」

仕方ないか、と言ってさーやが肩をすくめる。

「ひかりって、裏表ないもんね。人によって態度変わったりしないし。誰といてもどこにいても、ひかりはひかりって感じ」

「……それって、悪いことかな」

「まさか。でも、それができる人達ばっかりじゃないじゃん？　そういう人からしたら、ひかりってちょっと怖いんだよ」

「怖い？」

さーやは私の言葉には答えず、「ひかり、相変異《そうへんい》って知ってる？」と質問で返してきた。

耳慣れない単語に、ううん、と首を振る。

「自然界にはそういう現象があるんだって。大勢の仲間達に囲まれて生活すると狂暴化して、体の色とか、翅《はね》の長さが変わる生き物がいるの。例えば、さっきのバッタとか。相変異したバッタは集団で畑とか田んぼとかを襲って、その土地を食い荒らしちゃう」

「あ、それってもしかして」

「そう。イナゴの大群」

さーやの言葉に、少し前にちいと一緒に見た、渡り鳥の群れのことを思い出した。あれと似た光景を、昔テレビで見たことがある。

「あれってイナゴじゃなくて、元々はその辺にいるようなトノサマバッタなんだって」

へえ、と感心して声を上げると、さーやがぐるりと首を回し、川の方へと視線を向けた。

「わたしね、それ聞いた時ちょっと安心したの。一緒にいる人によって態度が変わったり、みんなの前では本当の自分が出せなかったりすることって、ふつうにあると思うんだ。それって、人間だけじゃないんだなって」

さーやの言葉に、なぜか高橋さんの顔が思い浮かんだ。高橋さんは、教室にいる時は無口だけど、二人きりになるとよく喋る。そして、高橋さんがとてもきれいに野菜の皮を剝けるということを、クラスの誰も知らない。

でも多分、ひかりは変わらずにいられる方のバッタだね。さーやはそう言って、くすりと笑った。

「……さーやも？」

さーやがそれを聞いて、え、と顔を上げる。

「さーやもみんなといる時と一人の時は違う？」

ぽかんと口を開けたさーやが、くしゃりと表情を崩して、そうだよぉ、と笑った。

「ひかりみたいに、馬鹿正直なやつばっかりじゃないんだからね」

馬鹿、にわざわざアクセントを付けて、いーっと歯を見せる。でも、ちっとも腹は立たない。

さーやが急に立ち上がり、河原に向かって、おーい、と手を振った。それにつられて顔を上げると、さーやの視線の先で、ちいがぴかぴかの丸い石を掲げながらこちらに歩いてくるのが見えた。


いつだったか高橋さんが亜梨沙のことを、「別の世界の人」と呼んでいたことを思い出す。

『……なんでそう思うの?』

すると高橋さんは困ったように眉を八の字にして、こう答えた。

『濱中さんは、強い人だから』

強い? 亜梨沙が?

それは違う、と言い返しそうになった。亜梨沙は気が小さく、繊細で、傷つきやすいところのある子だ。本当はめちゃくちゃ気にしいだし、誰より自分が傷つくことを恐れてる。だからこそ先に相手を傷つけてしまえ、という極端な思考になるわけで——。

でも結局、それを言葉にして高橋さんに伝えることはやめた。自分にとっての亜梨沙を、高橋さんにうまく説明できる自信がなかった。

いつ頃からだろう。私の知る「亜梨沙」と、みんなの口にする「亜梨沙ちゃん」の間に、大きな隔たりを感じるようになったのは。

『亜梨沙ちゃんって、ちょっとこわいよね』

みんなが亜梨沙のことを、そんな風に話していることは知っていた。

小学六年生の時、亜梨沙が警察に補導されるという騒ぎがあった。夜中に数人の男女と駅前のゲーセンでたむろしていたところを、補導員に見つかったらしい。おばあちゃんが体調を崩して入院したり、工場の経営が思わしくないらしいなんて噂が流れたりして、亜梨沙が少し荒れていた時期の出来事だった。本人曰く、彼氏に誘われるまま軽い気持ちで家を抜け出したら、予想以上の大事《おおごと》になってしまった。家に帰って早々母に泣かれるわ、父に引っ叩かれるわで散々だったらしい。それでさすがに懲りたのか、亜梨沙はほどなくしてそのグループとは距離を置いたようだった。

ところがその半年後、前回の騒ぎにも居合わせていた何人かのメンバーが商店街で万引き事件を起こし、再び補導された。しかも、捕まった生徒達は一貫して、万引きは亜梨沙に命じられて仕方なくやった、と主張していた。当時の亜梨沙にとっては寝耳に水の出来事だったに違いない。どうやらグループを抜けた亜梨沙を快く思っていない子達が、陰で口裏を合わせたらしかった。

『あの人達、結局謝りもしなかったね』

卒業式の帰り道、私がそうつぶやくと、亜梨沙はなんでもないような口調で、ああそれね、とだけ答えた。

『もーいいよ、別に。どうせ、今日で卒業だし』

あんなやつら、最初から友達じゃなかったし。背中越しに、そんな声が聞こえた。事件以降、根も葉もない噂は瞬く間に校内に広がった。以前から亜梨沙が商店街に入り浸っているのを見たとか、トイレでグループの誰かと言い争っているのを聞いたとか。だから、今でも亜梨沙を万引きの犯人と思っている子達はたくさんいる。

『あたし、女子の集団ってちょっと苦手かも』

『え』

だからしばらくはそういうの、もういいかな。亜梨沙はそう言って、小さく肩をすくめた。

『ひかりがわかっててくれれば、それでいい』

どうしてだろう。それだけ受け取れば、とてもうれしいことを言われたはずなのに、咄嗟に言葉を返すことができなかった。なんだか、すごく怖いことを言われたような気もして。

『……亜梨沙』

あのさ、と口を開きかけたその時、亜梨沙が突然「あ！」と大きな声を上げた。ねえ雪、とこちらを振り返る。

『うわ、ほんとだ』

『きれー……』

亜梨沙が、すごいすごい、と私の前を駆け出していった。両腕を広げて空を仰ぎ、くるくるとその場で回転する。雪にはしゃぐ亜梨沙は、ほんの少しだけ茶色がかった髪の毛や、夏休みに開けたというピアスの穴が耳たぶに残っていても、初めて出会った頃と何も変わっていないように見えた。季節外れの雪が辺りの風景を白く染めていく中、子どもみたいに歓声を上げる亜梨沙の姿が、なぜか今でも瞼の裏に焼きついている。

あの日から、随分遠いところまできてしまったような気がする。どうして、こんなことになったのか。私はただ、ちいと見たつがいの鳥達のように、亜梨沙と二人で自由に空を飛んでいたかっただけなのに。

辺りは静けさに包まれ、川に沿って等間隔に設置された外灯が、ぼんやりと水面を照らしていた。

ここに来るのは今月何度目だろう。今日はちいも、さーやも、もちろん高橋さんもいない。川から流れてくる冷たい空気は、まず最初に生臭さが鼻につく。ふと顔を上げると、向こう岸の街並みにぽつぽつと明かりが灯っていくのが見えた。

大通りから横道に入って、住宅地を抜けると、数分も経たないうちに目的地に辿り着いた。一度だけ深呼吸して、再び歩き出す。見覚えのあるトタン造りの建物を通り過ぎて、家の敷地に足を踏み入れた。

インターホンの前に立ち、迷った末に思い切ってボタンを押した。しばらく待ってみても、反応はない。家の中で、音が鳴っている感じもしなかった。二度目も、同じだ。もしかして、誰もいないのだろうか。

——お願い。三度目の正直でもう一度だけボタンを押そうとしたその瞬間、ブツ、という音とともに、インターホンの奥で何かが接続するような気配を感じた。しばらくして、ジジジ、と殺虫灯に飛び込む羽虫のような、不愉快なノイズが辺りに響き渡った。

「はい」

その声を聞いた瞬間、あ、と思わず声が漏れそうになった。

「どちらさまですか?」

声には、訪問者への不審が滲んでいる。どうしよう。今更ながら、ここに来たことを後悔する。でももう迷っている暇はない。

「あの、いたずらですか? ……切りますよ」

「待って」

咄嗟に、声を上げていた。

「亜梨沙。亜梨沙だよね?」

名前を出した瞬間、相手が息を呑むのがわかった。

「ひかり?」

そう、と答えると、また沈黙。その沈黙から、亜梨沙の戸惑いが伝わってきた。当然だ。私が亜梨沙の家を訪れるのは、一年ぶり。去年の夏に亜梨沙のおばあちゃんが亡くなって、母と一緒にお線香をあげにきて以来だ。

「……何しに来たの」

「話、したくて」

すると、亜梨沙が間髪入れずに口を開いた。

「あたし、絶対謝らないから」

私が何を言おうとしているのか、最初からわかっていたみたいに。

きっかけは、些細《ささい》なことだった。今日の放課後、掃除をサボっていた、という理由で亜梨沙とふじもんが学校の先生から呼び止められた。お喋りに花が咲いて、掃除の手が止まってしまっていたのは事実だ。亜梨沙は声が大きくて目立つ分、先生からしたら亜梨沙が扇動してふじもんをサボらせているように見えたのかもしれない。一通りのお説教が終わった後、先生がふじもんに向かって、こんなことを言った。嫌なことは嫌だって、はっきり断らないと。そういうのも、ちゃんと言えるのが友達だぞ。ふじもんは俯いたまま、何も答えなかったらしい。

『……ねえ。さっきの、どういうつもり?』

『ふじもん、なんで先生に違うって言ってくれなかったの』

『あれじゃ、あたしがふじもんに無理強いしたみたいじゃん』

先生が去った後、亜梨沙は今までため込んでいた怒りをふじもんにぶちまけた。ふじもんが泣き出しても、事情を知ったさーやが二人をなんとかとりなそうとしても、亜梨沙は止まらなかった。

——どうしよう、ひかり。

ふじもんの着信に気づいたのは、今からちょうど一時間前。電話を折り返してすぐ、ふじもんが泣いていることがわかった。私に助けを求めてくるくらいだから、ふじもんも相当追い詰められていたんだと思う。

——あんたはあの時も助けてくれなかったって、亜梨沙が。

あの時、というのはつまり、例の万引き騒ぎの時のことだった。心無い噂を流された、亜梨沙にとっての苦い記憶。当時亜梨沙と同じクラスだったふじもんは、亜梨沙がどういう状況にあったか、よく知っているはずだ。

――私、知らなかったの。亜梨沙がそんな風に思ってたなんて。

「……知らなかったなんて、そんなの嘘」

亜梨沙がインターホン越しに、そうつぶやいた。

「同じクラスだったのに、あの時ふじもんは訂正もしてくれなかった。適当に相槌打って、周りに合わせてにこにこ笑ってただけ。あたしの前では、あなたの味方ですってふりしてたくせに。うすうすわかってたけど、ずっと言わなかった。言わないでいて、あげたのに」

――だって、言えるわけないよ。あんな風に、みんなが好き勝手言ってる中で……。私はそういうキャラじゃないもん。だからせめて、って。せめて、亜梨沙の前ではふつうでいようって。今まで通りにって。それが私の精一杯だったんだもん。

「ふじもんは、昔からそうだよ」

――掃除のことだって、そう。私だってムカついた。そんなこと先生に言われる筋合いないって思ったし、ほんとはそう言いたかった。でも、先生に言い返すとか私は無理なの。無理なんだよ。私は亜梨沙やひかりとは、違うんだもん。

「自分の都合が悪くなったら黙り込んで、知らんぷりしてればそのうち誰かが助けてくれるって思ってる。そんなの卑怯じゃん。ひかりだって、ほんとはそう思ってるくせに」

「……だから、突き飛ばしたの？」

「違う！」

ひび割れた音声が、激しいノイズとなって耳に届く。

「絶対違う。あれは、ふじもんが勝手に――」

声は途中で掠《かす》れて、それ以上続かなかった。階段の踊り場で言い争いになり、追いかけてこようとするふじもんの腕を、亜梨沙が振り払った。ふじもんは階段の段差から滑り落ちて、足首を捻挫してしまった。ほとんど亜梨沙に突き飛ばされるような形で。

「……あたしは悪くない」

亜梨沙がぼそりとつぶやいた。まるで、自分に言い聞かせるみたいに。

「あたしは悪くない。……あたしは悪くない。悪く、ないもん」

その言い方に、既視感を覚えた。ああ。私はこれを、知っている。

『……ちい、悪くないもん』

それに気づいた瞬間、ぱっと頭に浮かんだのは、昨日見たちいの泣き顔だった。正確には、泣くのを必死にこらえている顔。真一文字に結ばれた唇と、赤くなった丸いほっぺた。ひくひくと震えていた小鼻。

ひかりがわかっててくれれば、それでいい。

それがいつかの――子どもの頃の亜梨沙の表情に重なり、いつしかその見分けがつかなくなった。

昨日の夕方、ちいが学童の子に怪我をさせた。

学校が終わってすぐ、そんな連絡を受けていつもの迎え場所に向かうと、保護者らしき男性がジャングルジムの前で何事かまくし立てていた。きょろきょろと辺りを探すと、ちいもすぐそばにいる。一人で地面に絵を描いているようだった。

「あの子、いきなりうちの子どもを突き落としたんですよ」

それに、はい、はい、と神妙な顔で頷いているのは、見たことのない大人だった。

「あんな高いところから。大事に至らなかったからよかったようなものの、頭でも打ってたらどうするつもりだったんですか」

「林《はやし》さん。お話はよくわかりました。でもその、もう少しだけ落ち着いてお話を」

「落ち着けるわけがないでしょう！」

林と呼ばれたその人が、声を荒らげた。林さんは、ぱっと見には気の弱そうな、三十代くらいのサラリーマンだった。仕事帰りだろうか。ぱりっとしたスーツを着こなし、上から襟付きのコートを羽織っている。

「ただその、タイセイ君の話も聞いてみないと……」

「聞きましたよ、ぼくが。そしたら、これまでにも同じようなことがあったって言うじゃないですか。今まで何回も暴力を振るわれたって。こっちは信頼してそちらに預けてるのに、一体どうなってるんですか」

暴力、という言葉に、心臓がきゅっと縮み上がった。男性職員はこういう対応に慣れていないのか、はい、まあその、おっしゃる通りで、などとしどろもどろになっている。二人の間に思い切って割り込むと、林さんが不快そうに眉をひそめ、私を品定めするように頭のてっぺんから靴のつま先までを何度も見た。

「……君は」

「私、ちいの、千咲の家族です」

林さんがぽかんと口を開け、子どもじゃないか、と言ってため息を吐いた。

「親御さんと、連絡つかなかったものですから」

言い訳するように男性が林さんに答えて、困ったなあ、と頭を掻いた。

「えっと、その。うちの両親、まだ仕事中で。さっき連絡とれたんで、もうすぐ来ると思うんですけど。それまで私じゃいけませんか」

「いやだから、そういう問題じゃなくて……」

林さんは何か言いかけたものの、私に言ってもしょうがない、と思ったのか、途中で口をつぐんだ。その隣で、これまずいなあ、やっちゃったなあ、と職員の男性がぼやいている。

ダメ元でその男性に佐々木さんはと聞いてみたものの、あっさり「今日は休み」と返され、絶望的な気持ちになった。

「ねえ、ちい」

私が名前を呼ぶと、ちいは一瞬だけこちらを向いたものの、またすぐに俯いてしまった。手は動いているけど地面はぐじゃぐじゃで、何を描いているのかわからない。林さんの視線を気にしながら、ちい、ともう一度呼びかける。

「ちい、ほんとにそんなことしたの？　いきなり友達を突き落としたって」

ちいが手を止め、ゆっくりと首を振った。

「……ちい、悪くないもん」

嘘を吐いているようには見えない。しかし林さんは「子どもの言うことでしょう？　信じられない」と言って聞く耳を持たなかった。じゃあなんで自分の子どもの言うことは信じるんだろう。そう思ったけど、もちろん言えるはずがない。

「あの子がうちの子どもの体を押したのは事実ですよ。みんな見てるんだから」

林さんは喋っているうちにヒートアップしたのか止まらなくなり「だいたいねえ」と語気を強めた。

「あなたもお姉さんなら甘やかすんじゃなくて、こういう時くらいちゃんと言ったらどうなの」

だって私、ほんとの家族じゃないし。そんな言葉が喉まで出かかったものの、なんとかこらえる。ちいはいつのまにかお絵かきをやめて、睨むようにこちらを見ていた。

林さんはついにしびれを切らしたらしく、もういいよ、と吐き捨てた。

「なんでもいいから、一回ちゃんと謝って」

仕方なく、「すみません」と頭を下げる。すると林さんが、あなたじゃなくてあの子、とちいを指さした。

「あの子に謝らせてよ。それが筋でしょう」

「……ちい。謝って」

ちいはそっぽを向いたまま、答えない。もどかしい気持ちで地面に膝をつき、ちいの腕をつかむ。けどちいは、頑なにそこから動こうとしなかった。

「ほら、早く。立ってってば」

ちいの腕を引っ張ろうとすると、撥《は》ねのけられた。その手が、勢い余って私の頬をかすめる。痛っ、と声を上げると、ちいが初めてまずい、という顔をした。

「いい加減にしてよ！」

かっとして、思わず叫んでいた。

「黙ってたんじゃわかんないよ。何か理由があったなら、それをちゃんと言わないと。そんなんじゃ、誰にも伝わらないよ」

すると、ちいが突然、ううううう、と獣のような唸り声を上げた。

「……ちい？」

ううう、うううううう。呻《うめ》きながら、自分の拳を思い切り太ももに打ちつける。やめな、怪我するよ、と言っても聞こうとしない。言葉を発する代わりに、ちいは自分を殴った。何度も、何度も。林さんも男性職員も、呆然とした顔で私達を見つめている。

「あの。すみません、遅れてしまって」

その声に振り返ると、父がはあはあと息を乱しながら、こちらに向かって歩いてくるところだった。

「この度は……」

父がそう言って、林さんに頭を下げようとする。林さんがはっとしたように、父に向き直った。

「ちょっと、あなたねえ。こっちは言いたいことが山ほどあるんですけど」

父は状況を把握しきれていないらしく、助けを求めるように私に視線を送ってきた。何を、今更。私は咄嗟に、父から目を背けてしまった。

今頃来たって、遅いよ。

父に向かってそう言いかけた次の瞬間、ちいが父の姿を認めて、とてとてと歩き出した。ちいの顔が、みるみる涙に滲んでいくのが分かった。最後は、うわあああん、と声を上げて父に駆け寄り、思い切り泣きじゃくった。林さんが、ぽかんとした顔でそれを見つめていた。

「ちい？　どうした」

ちゃんと話してみろ。そう言って頭を撫でると、ちいはうえええええん、と大粒の涙を流しながら、ちいね、ちいね、としゃくりあげた。

「ちい、どん、ってしちゃったの。タイセイ君が、お前んちのおかーさんママハハなんだろって。ママハハっていじわるなやつのことを言うんだぞって。それでちい、どんって……。そしたら、タイセイ君が。ごめんなさい」

ちいは父の足にしがみつき、何度も何度もごめんなさいを口にした。父はそれを聞いて頷きながら、自分の足に力いっぱいしがみついてくる小さな娘の声に、耳を傾け続けた。私のもとにはついぞ届くことのなかった、その声に。

「……亜梨沙は、さ。ほんとは謝りたいんじゃないの、ふじもんに」

それを聞いた亜梨沙が、心外だ、と言わんばかりに声を荒らげる。

「はあ？　なんで、あたしが。あんなやつ、マジでどうだって――」

「ふじもんは言ってたよ。六年生の時のこと、ずっと亜梨沙に謝りたかったって」

亜梨沙が一瞬、何かに怯んだように声を詰まらせるのがわかった。

――私、さっき嘘吐いた。

電話を切る直前、ふじもんは震える声でそう言った。

――亜梨沙の気持ち、知らなかったなんて嘘。本当は、わかってた。亜梨沙がそのことに、気づかないふりしてくれてたのも。

なのに、私――。言葉はそこで途切れ、代わりに押し殺すような泣き声が聞こえ始めた。嗚咽が少しずつ大きくなっていく。ふじもんは、強い人ではないのかもしれない。勇気がある人でもないのかもしれない。それでも、亜梨沙に会ってちゃんと謝りたい、と言ったあの子を、卑怯者とは呼びたくなかった。

「謝りたいって、何？」

亜梨沙が短いため息をこぼした。ふじもんの思いを、鼻で笑うかのように。

「ていうかふじもん、今更ひかりを頼ってきたんだ。ちょっと調子よすぎじゃない？」

「私は、そうは思わない」

「ふーん。ひかりはやさしいんだね。でも、あたしは無理だなー。ふじもんが裏でひかりのこと、なんて言ってたか知ってるし」

黙り込んだ私に、あっ、でもそっかー、と不自然なほど明るい声が追い打ちをかける。

「ひかりには、新しいお友達がいるもんね。うちらを切ったところで、たいした影響ないか」

「……え？」

「あたし、知ってるよ。ひかりが最近、高橋さんとこそこそしてるの。どうせうちらのことか、べらべら喋ってるんでしょ」

「そんなこと」

「え、じゃあなんでずっと隠してたの？　あたしが嫉妬するとでも思った？　亜梨沙に知られたら面倒なことになりそうだから、だから、黙ってようって？」

返す刀で、すっぱりと切られた。何も返せずまごつく私に、あーあ、やっぱりみんな嘘吐きじゃん、と亜梨沙がつぶやく。

「顔合わせてる時だけへらへらして、裏では隠しごとばっかり。これだから女子の集団って嫌い。面倒臭い。ほんっと嫌になる」

「……それ、やめて」

「なんで？　みんな言ってるようなことじゃん」

嫌い嫌い嫌い嫌い嫌い、と亜梨沙が叫んだ。あんた達嫌い。全員嫌い。大っ嫌い。亜梨沙の顔は、私からは見えない。だから、想像するしかない。亜梨沙は今玄関の向こうで、泣きそうな顔をしてるんじゃないか。どうしてか、そう思った。

「友達ごっこ、白々しいんだよ」

亜梨沙が吐き捨てる。

「今更謝られたって、意味ない。あたしは、あの時庇って欲しかった。あの時助けて欲ししかったの。あの時のあたしを助けてくれなきゃ、意味ないの。あたしがふじもんにしたことも、一緒だよ。時間は戻せないんだから。あたしは誰も許さないし、許してもらおうとも思ってない。だから絶対、謝らない」

なんで、わかってくれないの。絞り出すようにして口にしたその言葉が、意思に反してすがるようなニュアンスを帯びてしまったことに、亜梨沙自身も気づいたのだろう。それをなかったことにするように、もう切るから、と一方的に会話を打ち切った。

「わかったら、どっか行って。もう二度とあたしにかかわらないで」

亜梨沙がインターホンを切りかけたその時、待って、と声を上げた。

「お願い。最後にひとつだけ答えて」

このまま続けるべきか、少しだけ迷った。今更言ってなんになる。もしかしたら、全部私の勘違いかもしれない。

「今までのって、ほんとに亜梨沙の言葉？　亜梨沙が考えた、亜梨沙自身の言葉？　だったら、仕方ないけど」

「……どういう意味」

亜梨沙の声に微かな震えが混じっているような、そんな気がした。

「ほんとは、さーやなんじゃないの」

「え？」

インターホンの向こうで、亜梨沙が息を止めるのがわかった。

「ねえ、答えて。そうなんじゃないの？　高橋さんのことも、さっき言ったことも全部。さーやから聞いたんじゃないの」

「……だったら、なんなの」

亜梨沙が口にしたいくつかの単語には、聞き覚えがあった。嫉妬。面倒なこと。友達ごっこ。全部、さーやの台詞に似ていた。ううん、それだけじゃない。他にも気になることはあった。さーやとふじもんが、急速に距離を縮めたこと。ふじもんがいつからか、私を敵視するようになったこと。

いちばん決定的だったのは、高橋さんのことだ。私と高橋さんがあの河原で会っていることを、他に知る人はいない。あの時偶然河原で顔を合わせた、さーやを除いては。

「私は亜梨沙を面倒臭いなんて思ったこと、ない。時々やんなっちゃうことはあったとしても、嫌いになることはないと思う。それはほんとだよ。信じてくれなくてもいい。だって、私がそれを知ってるから。さっき亜梨沙が言ったのは、私の言葉じゃなくてさーやの言葉だから」

さーやがどうしてこんなことをしたのかは、わからない。もしかしたら、さーや自身にもわからないのかもしれない。相変異したバッタが、わけもわからず田畑を食い荒らしてしまうように。自分がそうは望んでいなくても、自分の姿形を変えてしまうことだって、きっとあるのだろう。

「さーやじゃなくて、私の言葉を聞いてよ。ねえ、私、どうすればよかった？　陸上なんてやらなければよかった？　あの時一緒にクラブをやめていればよかった？　宇手先生のこと、言われた通り無視してればよかった？　亜梨沙がしてほしかったのって、亜梨沙が今したいことって、本当にそういうこと？」

亜梨沙は黙ったまま、何も答えない。しばらくの間、沈黙が流れた。長い長い、静寂だった。とその時、インターホンから微かに物音が聞こえた。亜梨沙が何か言おうとしている。息を潜めて、その続きを待った。

「――る、から」

ガガガガッとコンクリートに爪を立てるような激しいノイズが流れて、ブツッと電源の切れる音がした。それを最後に、インターホンの音声は途切れた。それで、終わりだった。あまりにもあっけない。何度ボタンを押しても、結果は同じだった。

『自然界にはそういう現象があるんだって。大勢の仲間達に囲まれて生活すると狂暴化して、体の色とか、翅の長さが変わる生き物がいるの。……相変異したバッタは集団で畑とか田んぼとかを襲って、その土地を食い荒らしちゃう』

私はもう、気づいている。亜梨沙が決して、気が小さく繊細で、傷つきやすいだけの女の子ではないことに。気が小さく、繊細で、傷つきやすいことを理由に人を傷つけることのできる、それだけの図々《ずうずう》しさを、そこらじゅうの田畑を食い荒らすだけの強《したた》かさを手に入れていることに。

あれからずっと、考えていた。一度体の色や翅の長さを変えたバッタは、もう元の姿に戻ることはできないのだろうか。もし戻れないとして、相変異する前のバッタとその後のバッタは、二度とお互いを仲間だとは認識できないのか。

「……ない」

だとしたら、あまりに悲しすぎやしないだろうか。

「私は、バッタじゃない」

踏み出しかけた足を止める。そしてもう一度、確かめるように口にした。そうだ、私は——私達は、バッタじゃない。たとえそうだったとしても、そうじゃない、と言いたい。だって私は、人間だ。空を飛べず、翅の長さも体の色も変えられず、相変異もできない私達は、たくさんの仲間に交じっても、あるいはたった一人でいても、自分がどうあるべきかを自分の意志で決めることができる。

こうなったら、あと何十回でも、押してやる。うるさい何時だと思ってんのって、亜梨沙が怒鳴り返してくるまで。そう心に決めて、私は再びインターホンへと向き直った。よし、と一歩踏み出し、白いボタンに指が触れたその時、

「……ねえ。今出る、って言ってんじゃん」

ガラガラ、と音がして、玄関の戸が勢いよく開いた。夜の住宅街に、ひどく不機嫌そうな声が響く。

「大体、今何時だと思ってんの?」

私を見つめる怒ったようなその顔が、初めて出会った時みたいだ、と思った。

# 教室のゴルディロックスゾーン

家で留守番をしていると、たまたまチャンネルを合わせたテレビ番組が目に留まった。見るからに低予算の、全国に何人視聴者がいるのかもわからないような味気ない教養番組。液晶画面の中では、ひどく滑舌の悪い老人が番組のナビゲーター役を務めていた。

「――を、ゴルディロックスゾーンと呼びます。この名称はイギリスの童話に登場する主人公の女の子の名前に由来しますが、日本ではどちらかというとロシアの……」

耳慣れない単語が続く中、その老人が口にした絵本のタイトルには聞き覚えがあった。今はもう物置になっている部屋で、その本を見かけたことがある。鮮やかな緑色の表紙に描かれた、子ども向けというにはちょっと不気味な熊のイラスト。随分前に読んだせいか、内容までは覚えていない。あの絵本は、今どこにあるんだろう？

「……という題名で親しまれていますので、ご存知の方も多いかと思います」

テレビのボリュームを上げようとリモコンを手にしたその時、玄関から、ただいま、という声が聞こえた。なんだ依子、まだ起きてるのか。

「はーい。今から寝るとこ」

慌ててテレビを消して、リビングを後にした。そのまま自分の部屋に向かい、寝間着を引っ張り出す。あれやこれやと明日の準備を進めながら、頭の中では眠たげな老人の声を反芻していた。お風呂に入っている間、歯を磨いている間、部屋の電気を消して布団に入り、瞼を閉じてからもずっと。

「この物語は森で暮らす三匹の熊の家族の家に、人間の少女が忍びこんだことから始まります。その少女が家の中で見つけたのは、お粥《かゆ》の入った三つのおわんでした。少女は手始めにそのお粥を一口ずつ口にして、次に大きくも小さくもない椅子、最後にいちばん寝心地のいいベッドと、次々自分にとって〝ちょうどいいもの〟を選んでいきますが――」

「ちょっと、何やってんの⁉」

教室の隅に寄せられた机と床に敷かれた新聞紙、絵の具で汚れた上履きの足跡。辺りに充満するシンナーの香りとあちこちに置かれたペンキ缶、色とりどりのスズランテープ。いつもよりも五割、六割増しで散らかった空間に、ほとんど悲鳴のような声が響き渡った。

濱中さんが険しい表情で私を見下ろしている。穏やかでない声に、廊下で作業していた生徒達までもが手を止めて、こちらの様子を窺っていた。

「なんで乾かないうちに触ろうとするわけ」

言われて初めて気づいた。袖まくりした自分の右腕に、べっとりと絵の具が付いている。最初に塗った部分が十分乾いていなかったらしい。さらにその絵の具があちこちに飛び散り、関係のない場所まで汚していた。

「……あ。ごめ」

ん、と私が言い終わる前に、濱中さんが容赦なくそれを遮った。

「ごめんはいいから、早く」

「あ、えっと、うん」

慌てて、汚れた箇所にバケツの水を含んだティッシュをあてがう。しかし、依然として濱中さんの表情は険しいままだ。気がつけば、筆洗い用のバケツもひどく汚れてしまっている。

ティッシュを押さえながらそれを見つめていると、濱中さんが眉間に皺を寄せたまま、私に向かって顎をしゃくった。

「それ」

「あ、うん……」

咄嗟に頷いてはみたものの、濱中さんの視線が何を要求しているのかわからない。クラスメイト達はこのいざこざに関わりたくないらしく、一様に目を伏せている。一緒に作業していたはずの藤村さんもいつの間にか看板作りから離脱して、教室の隅で三角座りになっていた。携帯用の爪やすりを取り出し、自分の爪を磨くのに集中している。我関せずといった雰囲気だ。

「その、えっと。ごめん」

一度フリーズした頭はそれ以上うまく働かず、代わりにそんな言葉が滑り出た。まずい、と思ったものの、時すでに遅し。濱中さんの苛立ちはあっという間にピークに達して、周囲に見せつけるかのように、はああ、と大きなため息を吐いた。

「もういい、あたしがいく」

そう言って、ひったくるように私の手元からバケツを奪い取っていった。どうやら、水をかえて来い、と言いたかったらしい。

「ふじもん、いこ」

あれのどこが器用だよ。濱中さんはそう言い捨てると、どすどすと恐竜のような足音を立てながら教室を出ていった。濱中さんが去ってしまうと、さっきまで静まり返っていた教室に少しずつざわめきが戻ってくるのがわかった。

あそこ、またなんか揉《も》めてんの？　いいから、こっちちゃんとやりなよ。さやぽん、そっち持って。おっけー、それ今から買ってくる。てっぺー、帰りあそこ寄ってこ。いいよ、行こう行こう。なあ、お前今それ、何やってんの。

ああ、まただ、と思う。遠い星々のきらめきを、ひとりぼっちで眺めているような。賑《にぎ》わしくも儚《はかな》い銀河の営みを、息を潜めて見守っているような。とても暗くて、寒い場所から。教室にいると、時々そういう感覚に襲われることがある。

看板に視線を落とすと、青空に掛かった虹をバックに、太字で書かれた「がんばれ二年一組」の文字が、がんばれの途中で力尽きたままベニヤ板に横たわっていた。その下に描かれたクラスメイトの似顔絵は、私が汚した部分以外ほとんど手つかずのままだ。

そっとティッシュを剝がすと、元の色と私が塗りつけた絵の具がお互いに一歩も譲らないまま交じり合って、ひどく顔色の悪い子みたいな仕上がりになっている。しかもそれは幸か不幸か、自分の似顔絵だった。

どうしよう。濱中さん達が戻ってきたら、もう一度だけ謝ってみようか。看板、汚しちゃってごめん。私、これ以上迷惑かけないようがんばるから。そこまで考えてから、小さく首を振る。いや、そういう問題じゃない。これ以上謝っても焼け石に水、それどころか火に油だ。そのくらいは私にだってわかる。

濱中さんは今頃藤村さんに、私への罵詈雑言《ばりぞうごん》を思う存分ぶちまけているに違いない。想像しただけで、胃が痛くなる。濱中さんは、一度スイッチが入るとびっくりするくらい言葉のチョイスに躊躇がなくなる。それが怖い。

『……だってなんかちょっと、気持ち悪くない？』

あの時もそうだった。まだ同じクラスになって間もない頃、濱中さんが吐き捨てた言葉。どうしてだろう。あの頃は大して気にならなかったはずの言葉が、今頃になって深く胸を抉《えぐ》る。

多分私は今、言葉だけに反応して傷ついたわけじゃない。言葉はもちろん、相手からそういう言葉を投げつけてもいい、投げつけられても仕方のない人間だと思われていることが、つらいのだ。

『……あんた、すっごく気持ち悪いよ』

同じようなことを、他の誰かにも言われたことがある。

『あんたのことなんて、大っ嫌い』

『嫌だった。うっとうしかった。なんでこんなところにいるの？』

違う、これは濱中さんの言ったことじゃない。

『あたしの前から、消えてよ』

瞼を閉じて乱暴に目を擦り、蘇りかけた記憶を無理やり追い払った。ゆっくりと目を開けると、視界の端をちかちか黒い斑点が飛び回っている。しばらくそのままで待っていると、羽虫のようなそれは次第に消えていった。

こんなことなら、頭の中で宇宙人や世界の終わりと戦っていた頃の方がまだマシだった。何度心臓が止まっても、何度この身が滅んでも、永遠にやり直しがきくあの世界。宇宙人に占拠され、人類のほとんどが地球から姿を消したあの街よりも、冷暖房完備のこの教室の方が、私にとってははるかに生きづらい。

ふと顔を上げると、教室後方の私物置き場に、見慣れたスポーツバッグを見つけた。持ち主の彼女は今日、授業終わりに職員室に行くと言っていた。部活の件で、顧問の先生と話し合いがあるらしい。

地球に神様、は多分いないから。その代わり、この宇宙のどこかにはいるだろう宇宙人の神様に向かって祈った。火星人、水星人、あるいは木星人の神様。ううん、本当は誰だっていいんです。一刻も早く、伊藤さんに会わせて。伊藤さんを、私のところに連れてきてください。この教室は、一人で過ごすにはあまりに寒すぎるのです。


体育祭まで、あと二週間を切ろうとしていた。このところうちのクラスは、終日その準備に追われている。

本番はすべての競技が点数化されて、クラスごとに順位がつけられるらしい。うちのクラスの応援団長は大沢君で、普段授業には全然興味を示さないくせに、ここぞとばかりにやる気を見せている。当然、目指すからには優勝を狙っているんだそうだ。余談だけど、応援団長の候補には濱中さんの名前も挙がっていた。女子からの推薦で本人もそこそこ乗り気だったみたいだけど、最後の決戦投票で大沢君に負けてからというもの、濱中さんはすこぶる機嫌が悪い。

当日の出場種目はもちろん、クラスTシャツや応援グッズの作成、タイムキーパーや審判、集計係といった細かな役職まで、決めることはたくさんある。その過程で行われるグループ分けは、私みたいな人間にとっては苦行以外の何物でもない。

そういう時の対処法が、ひとつだけある。この方法は、係活動や遠足前のバスの席決めの時なんかにも役立つのでおすすめだ。私はこれを、心のコールドスリープと呼んでいる。

コールドスリープのコツは、とにかく何も考えないこと。恥ずかしいだとか情けないとか、くだらない考えは頭の外に押しやって、できるだけ速く心を凍らせる。発射した宇宙船の中から、遠ざかっていく故郷の星を眺めている時の気分で。するとなんということでしょう、目覚めた時にはまったく別の惑星に辿り着いているのです！　例えば先生の隣の席とか、花壇の水遣り係なんかに。

当然今回も、そうなるはずだった。ところが、教室の隅でいち早く冷凍睡眠の準備に入りかけた私の肩を、誰かの指がつついた。

『高橋さん、うちのグループに入らない？』

顔を上げると、そこに立っていたのは伊藤さんだった。

『え』

『ねえ、いいと思わない？』

伊藤さんがそう言って、仲間達を振り返る。濱中さんが、にわかには信じがたいという顔で伊藤さんを見つめていた。

『どうせこのままじゃ、うちらも人数足りないし』

『だって、それは』

濱中さんはなぜか、その続きを言葉にしようとはしなかった。何かを言い淀むような顔で、口を真一文字に結んでいる。

『もちろん、無理にとかじゃなくて。高橋さんがよかったら、だけど』

伊藤さんはそう言ってくれたけど、そんなのこっちの台詞だ。私には断る理由がない。誰か、高橋さんを一緒の班に入れてあげてください。先生の魔法の言葉もなしに、私が誰かのグループに入る日が来るなんて。正直喜びよりも、戸惑いの方が大きい。

恐る恐る頷きかけたその時、伊藤さんの肩越しに、金剛力士像みたいな顔をして私を睨みつける濱中さんの姿が目に入った。

『……あたし、聞いてない』

『そりゃそうだ。言ってないもん』

伊藤さんがそう言って、肩をすくめる。

『でも、今聞いたじゃん』

『なにそれ、屁理屈《へりくつ》』

濱中さんの台詞を最後まで聞かずに、伊藤さんは濱中さんのさらに後ろ、このやり取りを見守っていたもう一人の人物に同意を求めた。

『ふじもんは？　どうかな』

机の下で自分の爪をいじっていた藤村さんは、伊藤さんに呼びかけられて初めて、顔を上げた。

『……私は、別にいいけど』

藤村さんがぼそりとつぶやく。

『はあ? ふじもん、それどういう』

濱中さんが抗議しようとしたけど、藤村さんは世捨て人のような目をして、いいんじゃない別に、と吐き捨てるだけだった。その言葉の後には、どっちでも、と続いてもおかしくないくらい、投げやりな言い方で。

『どうせ、――ないし』

そう言って、また爪をいじり出す。藤村さんの声は、途中で周囲の喧騒に掻き消されてしまった。それを聞いた伊藤さんが、よし、と小さくガッツポーズを決める。二対一で決まりね。そう言って、こちらを振り向いた。伊藤さんはいつも、晴れた冬のひだまりみたいな笑い方をする。あたたかくて、心地よくて、一度でも足を踏み入れてしまったら、そこから抜け出せなくなるような。

ずっと黙っていた濱中さんが、勝手にすれば、と言って顔を背けた。そのまま、どすんと自分の席に腰を下ろす。そっぽを向いた濱中さんの横顔が、誰かの面影と重なって見えた。でも、それが誰なのかはわからない。それを見た伊藤さんが、おお、大人になったじゃん、と言って濱中さんの髪をわしゃわしゃしながら抱き寄せた。

『ちょっと、やめて。……マジで』

そう言って、濱中さんが伊藤さんの腕からするりと逃げ出した。伊藤さんはしばらくの間宙に浮いた自分の手を見つめていたけど、少ししてから気を取り直したようにこちらを振り返った。高橋さん、ごめんね。その時一瞬だけ、違和感を覚えた。濱中さんに伊藤さん、そして藤村さん。この三人は、前からこんな感じだったっけ？

『多分迷惑かけるだろうから、先に謝っとく。でもこいつら、根は悪い奴じゃないからさ』

そう言って、自分の胸の前で手を合わせる。

『……うん』

こちらこそ、よろしくね。そう言いながら、おずおずと手を差し出した。そういえば伊藤さんは、いつだったかもこんな風に、濱中さんのことをかばっていたな。そんなことを思い出しながら。


「ごめんね、遅くなっちゃって。……あれ？　亜梨沙達は？」

それから一時間ほど経って、伊藤さんがようやくクラスに戻って来た。残念ながら、教室に残っているグループはほとんどいない。

「その、えっと。帰っちゃった、みたい」

「ええ⁉」

伊藤さんが顔をしかめる。濱中さん達はいつのまにか、教室から姿を消してしまった。バケツもひとつ、行方不明のままだ。伊藤さんはそれを聞いて、ったく、しょうがないなあ、とため息を吐いた。

「次会ったら、私から言っとく。高橋さん、一人で大丈夫だった？」

そう聞かれて、さっきあったことの一部始終を話してしまおうかと思った。濱中さんが怒りっぽいこと。藤村さんが全然色塗りを手伝ってくれないこと。でもそれを話すと、伊藤さんに余計な心配をかけてしまうかもしれない。

「ううん。大丈夫」

迷った末、それだけ言って口をつぐんだ。それを聞いて、私を見つめていた伊藤さんの視線が足元の看板へと向けられる。塗りかけのまま放置された、薄汚れた私の似顔絵について、伊藤さんが何か言うことはなかった。

二人で手分けして片づけを済ませ、どちらからともなく、そろそろ帰ろうか、となった。教室を出てすぐ、伊藤さんが何かを見つけ、あれ、ひとつ余ってる、と声を上げた。廊下の隅に、見覚えのあるバケツが転がっていた。わざと人目を避けるみたいに。伊藤さんがよいしょと腰を屈《かが》め、それを拾い上げる。

バケツはいつの間にか、きれいに洗われていた。


校門をくぐると、頭上には立派な鱗雲《うろこぐも》が広がっていた。辺りには、晴れた秋特有の澄みきった空気が漂っている。

「もう、大丈夫なの?」

「え?」

「あ、えっと、その。足」

そう言って、サポーターが巻かれた右足にさりげなく視線を向ける。伊藤さんがそれを受けて、ああ、と頷いた。

「まあね。担当医師の、お墨付き」

伊藤さんは先週、陸上部への復帰を決めた。今日は今後の復帰スケジュールについて、コーチも交えて話し合ったんだそうだ。伊藤さんの地道なリハビリの成果だ。夏から秋にかけて、随分がんばったと聞いている。体育の時間もふつうに走っているし、傍目《はため》には怪我する前となんら変わりないように見える。ただ本人からすると、まだ本調子とは言えないらしい。

「……濱中さんは、なんて？」

伊藤さんが、え、と首を傾げる。

「あ、いや。そうじゃなくて」

今年の初夏から秋にかけてのわずかな期間、伊藤さんが自分のグループと距離を置いたことがあった。それはちょうど、伊藤さんが部活を休んでいた時期と重なっている。

それから随分後になって、伊藤さんと濱中さんが一緒にいるところを見かけるようになった。教室で、二人が以前のように話す姿を見てほっとした。素直に、よかった、と思えた。あるべきものが、ようやくあるべき姿に戻ったのだと。どうしてか、そんな風に思った。

「その、なんていうか。よかったなって。二人が、仲直りして」

それを聞いた伊藤さんが、いやどうだろうね、と言って肩をすくめてみせた。

「たしかに仲直り、はしたけど。元通りっていうのとは、ちょっと違う気がする。グループ抜けちゃった子もいるし」

伊藤さんがそこで一旦、言葉を区切る。伊藤さんの目元に一瞬だけ、苦々しい感情がよぎるのがわかった。

「……子どもの時みたいにはいかないいんだね」

伊藤さんはそうつぶやいた後、あ、私達まだ子どもか、とまぜかえすようなことを言って、少しだけ笑った。でも、伊藤さんの言っていることはよくわかる。子どもの私達が今よりもう少しだけ子どもだった頃、世界はもっと単純にできていたような気がする。

喧嘩したら、ごめんなさいを言いましょう。ごめんなさいを言われたら、相手を許しましょう。許し合ったら、仲直りをしましょう。全部、学校で習った。でもこの世には、仲直りしようとしてもできない関係がある。仲直りしても、決して元通りにはならない関係があるのだ。

「あ」

信号前で急に声を上げた私を、伊藤さんが振り返る。

「どうしたの?」

「あ、ううん……。ごめん。私の勘違い」

それからしばらく歩いて、いつもの分かれ道に差し掛かったところで互いに歩調を緩め、立ち止まった。

「じゃあ、ここで。ちいちゃんに、よろしく」

伊藤さんはこれから、学童に妹さんを迎えにいくらしい。千咲ちゃん、という名前のその子とは、私も会ったことがある。くりくりした瞳が印象的で、とても利発そうな女の子だった。

「ありがとね。この前は一緒に遊んでくれて」

「ううん、こっちこそ」

「あいつ、一発で高橋さんのこと気に入ったみたい。また、あのお姉ちゃんに会いたいってさ」

初めて会った時、ちいちゃんはお近づきのしるしだと言って、まるで魔法の杖みたいなすらりとした木の枝をくれた。だから次会った時は、この街でいちばんきれいな落ち葉が集まるとっておきの場所を教える、という約束をしている。ちいちゃんがそれを、覚えていてくれるといい。

「うん。また明日」

「また明日」

互いに挨拶を交わして、伊藤さんと別れた。伊藤さんの背中を見送ってから、急いで来た道を戻る。早足で駆けて、ようやく交差点に着いて辺りを見回してみたものの、そこにはとりたてて変わり映えのしない景色が広がっていた。

さっき十字路の向こう岸にいたのは、さきちゃんの家のおばさんだった。間違いない。首からぶら下げた社員証と、作業服っぽいジャンパー。おばさんは最近、運送会社で働き始めたらしい。父さんが、窓口で見かけたと言っていた。以前よりも少し痩せて、なんだか疲れているように見えたのは、私の気のせいだろうか？　もちろん、声をかけたところで話すことがあるわけじゃない。でも。

どうしてもあきらめきれず、しばらくそこで待ってみたけど、結局おばさんは見つからなかった。三回目に信号の色が変わったのを見届けてから、私は踵を返し、後ろ髪を引かれるようにして、その場を後にした。

「呼ばれてるよ」

クラスメイトから声をかけられたのは、次の日の休み時間のことだった。他クラスの生徒から呼び出しを受けるなんて、生まれて初めてだ。クラスメイトに言われるまま廊下に出ると、見慣れない顔の女子生徒が私を待ち構えていた。相手は私を見つけるや否や、あっ、という顔をして会釈してきた。どうやら、あっちはあっちで緊張しているらしい。

「高橋さん、だよね。私のこと、覚えてるかな」

「えっと、あの……」

「さきと同じクラスの、小野。前に一度だけ、話したことあるんだけど」

そう言われて、やっと気づいた。おのちん、だ。吹奏楽部の。さきちゃんを待っていた時に偶然見かけて、話しかけたことがある。慌てて、うんと頷く。おのちんはそれを聞いて、ほっとしたように小さく息を吐いた。

「ごめんね、急に呼び出して」

「ううん、それは別に」

とその時、数人の男子達がけらけらと笑いながらすぐそばを通り抜けていった。それを気にしてか、ちょっとこっち、と言われて廊下の隅に手招きされる。どうも落ち着きがない。何事だろう、と思いながらついていくと、おのちんは思いつめたような顔でこちらを振り返った。

「これ」

そう言っておのちんが差し出してきたのは、一通の封筒だった。鮮やかなミントグリーンの、すべすべとした洋紙の手触り。

「渡してくれないかな、これ」

「え？」

誰に。そう問い返す間もなく、すぐ答えはわかった。表に、宛名が書いてある。三浦さき様。それがさきちゃん宛の手紙だと気づくのに、そう時間はかからなかった。

「これって」

「さきに。お願いできるかな」

お願いできるかな、は依頼というよりほとんど命令だった。有無を言わさず、その手紙を私に渡そうとする。意味がわからず、咄嗟に首を振っていた。

「なんで、そんな」

「なんでって……」

おのちんの声に、微かな苛立ちが混じる。

「小野さんが、直接渡せばいいのに」

私からなんて、受け取ってもらえるはずないじゃないか。そもそも、話どころかもう何ヶ月も顔を合わせていないのに。私はさきちゃんから、避けられている。

「それができないからこうやって」

興奮したおのちんが何かを言いかけ、はっとしたように口をつぐんだ。

「ごめん。その、私」

不自然な間が空く。おのちんは気まずそうに唇を噛んだまま、黙り込んでしまった。

「できないって。え、何？　どういうこと？」

すると、おのちんは私の顔をじっと見つめ、知らないの、とつぶやいた。長い沈黙の末、おのちんは意を決したように口を開いた。私に、というよりは、自分に言いきかせているような口調だった。だって、さきが言ってたんだもん。だから、私――。

「高橋さん、さきの友達なんでしょ？」


教室に戻ると、休み時間もあとわずかで終わろうとしていた。といっても、この後のホームルームはまた体育祭の準備だ。そのせいか授業前とはまた違う、ふわふわとした空気が流れている。教室の雰囲気とは裏腹に、頭の中には、さっき聞いたばかりのおのちんの声がこびりついて、ひどく落ち着かない。

『さき、全然学校来てない』

おのちんはそれから、さきちゃんの近況についていくつかの事実を教えてくれた。

『ここ一ヶ月くらいかな。その前から、休みがちではあったけど』

来たとしても教室には顔を出さず、保健室登校がほとんどだそうだ。最近では、このまま学校を辞めるんじゃないか、なんて噂も流れている。それを聞いて、いつだったか、一人でお弁当を食べるさきちゃんの姿を見かけたことを思い出した。

『ちょっと、うちらの中でいろいろあって』

おのちんは、その先をはっきり言葉にしようとはしなかった。

『多分、私が行っても会ってくれないから。高橋さんならもしかしたらって、そう思ったんだけど……』

今更私に、どうしろって言うんだろう。私はさきちゃんから、切られた側の人間だ。さきちゃんのことを思い出そうとすると、いい思い出よりも先に、別れ際のさきちゃんの声が蘇る。嫌悪と憎しみで歪《ゆが》んだ、さきちゃんの表情。無理だ。やっと、あれを忘れられそうなに――。

そこまで考えて、はっとした。私がさきちゃんを、忘れたがっている？　さきちゃんは私のことを、友達と呼んでくれたのに。それがうれしかったことは、本当なのに。なのに私は、それも忘れようとしているんだろうか。やがてはそのことにすら、慣れていくんだろうか。

いつからか、トトの声が聞こえなくなったみたいに。

『ごめん。こんなこと頼めるの、高橋さんくらいしかいない』

おのちんはそう言って、ほとんど押しつけるように封筒を渡してきた。

『無理だったらそれ、捨てていいから』

渡された手紙を、もう一度見返す。少しだけ皺の寄ったそれは、やっぱり美しいミント色をしていた。裏には几帳面《きちょうめん》な文字で、小野優花、と書かれている。か細く消えそうなその字は、でもしっかりと、この手紙の送り主を伝えていた。これを受け取るべきその人に向かって。

「高橋さん、ちょっといーい？」

はっとして顔を上げると、そこに立っていたのは、満面の笑みで私を見下ろす伊藤さんの姿だった。慌てて手紙を机の奥にしまい込む。

うん、と頷きかけ、あ、と気づく。伊藤さんのすぐそばに、濱中さんが立っていた。伊藤さんに無理矢理連れてこられたらしく、濱中さんは仏頂面で、ふて腐れたように俯いている。伊藤さんはそんな濱中さんの腕をしっかりとつかんだまま、放さない。

「こいつ、高橋さんに謝りたいんだって。この前、勝手に帰っちゃったこと」

それを聞いた濱中さんが顔を上げ、そんなんじゃない、と唇を尖らせる。

「ほら、もう。照れんなって」

「ほんと、そんなんじゃないし」

「あのバケツも、ほんとは自分で返したかったんでしょ?」

「だから、あれはふじもんが。あたしは別に……」

そう言ってそっぽを向いた濱中さんの横顔が、記憶の中の面影と合致する。ようやく、わかった。自分があの時無意識に、誰を思い浮かべていたのか。

すぐそばでは、伊藤さんが今もまだ、意味のない言葉を吐き出し続けている。ごめんね高橋さんこいつ素直じゃないんだよでも今回は私ががつんと言ってやったからそしたら亜梨沙も亜梨沙で色々思うところがあったみたいで高橋さんと一回ちゃんと話してみたいって。

「――からさ。あれ、高橋さん？　どうしたの?」

「ごめん。私、ちょっと」

伊藤さんの声を遮り、椅子から立ち上がった。

「でも、そろそろホームルーム始まるよ」

なおも追って来る伊藤さんの声を振り切り、よろよろと歩き出す。すごく気分が悪い。背後では、伊藤さんと濱中さんが互いに肘を小突きながら、どういうこと、と視線を送り合っている。ああ、いやだ。こんなところ、一刻も早く逃げ出したい。

本当は、わかっていた。わかっていたから、答え合わせするのを避けていただけ。濱中さんは時々、さきちゃんに似ている。すごく、すごく似ている。自分勝手なところも、自分を守るために相手を傷つけてしまうところも、素直になれないところも。本当は寂しがり屋なところも、それをわかってあげられるのは自分だけだと、近くにいる人に思わせてしまうところも。伊藤さんにとっての濱中さんは、私にとってのさきちゃんだ。

私はずっと、伊藤さんと濱中さんの二人に自分とさきちゃんの姿を重ねていたのかもしれない。自分とさきちゃんが、そうはなれなかったから。伊藤さんと濱中さんに、そうなれたかもしれない私達の姿を。

次の授業の始まりを告げる、予鈴が校内に響き渡る。いつもはうるさくて仕方のないチャイムの音が、その時だけはどうしてか、随分遠くから聞こえたような気がした。

その日は朝から、晴天だった。青空の下、弾けるようなピストルの音が競技のスタートを告げる。それを合図に、白線の内側に並んでいた豆粒のような選手達が一斉にトラックを走り出した。午前中の目玉でもある、教師対抗の障害物競走だ。

普段はすました顔で生徒の前に立っている先生達が、なりふりかまわず全力疾走したり、顔中粉塗《まみ》れにして飴玉《あめだま》を探している様子がおかしい。これが終われば午前の種目は一通り終了し、お昼休憩となる。午後は団体競技がメインで、クラス対抗のリレーがラストだ。うちのクラスの女子のアンカーは、伊藤さんが務めるらしい。

校庭の隅には、クラスごとに簡易的なテントが張られている。競技に参加しない生徒達の待機場所だ。私達のテントは比較的建物に近く、テントはそのまま校舎裏に繋がっている。

そこに、一際かしましい声が響き渡った。

「ていうかトッティー、走るの下手すぎじゃない？　ウケるんですけど」

声の主は、濱中さんだった。運動が得意じゃないらしく、校庭をよたよたと駆ける戸塚先生を指差して、笑い声を上げている。

「ねえねえ、今の見た？」

そう言って、濱中さんが突然こちらを振り返った。おそらく、伊藤さんに話しかけたかったのだろう。濱中さんは後ろにいるのが私だと気づくと、さっきまで笑みを浮かべていたはずの目元にあからさまな嫌悪を滲ませ、ぷいと顔を背けてしまった。

『こいつ、高橋さんに謝りたいんだって。この前、勝手に帰っちゃったこと』

あれ以来、濱中さんとは一度も話せていない。あの日、濱中さんの謝罪を受け入れなかったことが決定打となったらしい。今では最低限のコミュニケーションもままならず、完全に敵視されてしまっている。

「ね、ふじもん。次の競技、なんだっけ？」

私に話しかけたという事実を抹消すべく、濱中さんは最初からこうするつもりだったんです、とでも言いたげな顔で、隣に座っていた藤村さんに話しかけた。まるで、私がここに存在していないかのように。

勢いよく流れ出した水で石鹸の泡を洗い流し、持っていたハンカチで手を拭いた。

「高橋さん」

その声に振り返ると、手洗い場の陰から伊藤さんが顔を出し、こちらに向かって小さく手を振っていた。

「高橋さんも、トイレ?」

「……うん」

こくりと頷くと、伊藤さんがにこりと笑い、じゃあ一緒に戻ろっか、と言って先を歩き出した。一応頷きはしたものの、またあそこに戻るのか、と思うと、自然と足どりが重くなった。本当は、濱中さんのそばにいるのがいたたまれなくて、逃げるようにテントを飛び出してきたのだ。とはいえ、それを口に出せるわけもない。

教室から逃げ出したあの日、私は結局伊藤さん達のもとには戻らなかった。

保健室のベッドで休ませてもらい、布団の中でうとうとしていると、途切れ途切れの意識の中で何度かひどい夢を見た。

私は暗くて深い穴の底にいて、頭上にはうっすらと光が見える。外部に通じる、唯一の光だ。時々そこから、声が聞こえる。まるでさざ波のように笑い合う、複数の人の声。

おーい、おーい、とその笑い声の主達に向かって呼びかける。でも、いくら待ってみても返事はない。するといつのまにか、足元がぬかるんでいることに気づく。あっという間に、体が地面に呑み込まれる。全身に泥がまとわりつき、あがけばあがくほど、光は遠ざかっていく。

目を覚ました時には、制服のブラウスがびっしょり汗で濡れていた。保健の先生はいつのまにか私の体から引き抜いたらしい体温計をちらりと見て、こりゃだめだね、すぐ病院に行きなさい、とため息を吐いた。

ようやく熱が下がって登校したのは、それから三日後のことだった。久しぶりに登校した私に、伊藤さんは何事もなかったかのように話しかけてきてくれた。この前、体調悪かったんだって？　気づかなくてごめんね。私はその言葉を素直に受け止めることができなかった。

「高橋さん？」

我に返ると、急に立ち止まった私を気遣ってか伊藤さんが心配そうにこちらを見つめていた。その後ろを、ジャージ姿の女の子達がきゃいきゃいとじゃれあいながら駆けていく。どこかのクラスが、一足早くお昼休憩に入ったらしい。ううん、と首を振って、再び歩き出す。

「あっという間だね。準備はあんなに大変だったのに」

伊藤さんが歩調を緩め、そう言って遠くを見つめた。伊藤さんの視線の先を辿ると、校門伝いに、全クラスの応援看板が飾られていた。どれも力作だ。当然、私達の看板もそこに加わっている。

看板は、私が学校を休んでいる間にすっかり完成していた。色塗りに失敗して、一人だけゾンビみたいになっていた私の似顔絵も、きれいに補修されている。見違えるようだった。伊藤さんが隣で、すごいでしょ、と胸を張ってみせた。

『なんかね、二人ががんばってくれたみたい。ほら、ふじもんとか意外と手先器用だから』

じゃあ私、最初からいらなかったんじゃ。喉まで出かかったその言葉は、どうにかすんでのところで呑み込んだ。

『まあ、私は何もしてないんだけどね』

伊藤さんはそう言っていたけど、二人に発破をかけてくれたのは多分彼女だ。そうでなければ、ここまで早くは仕上がらない。

看板が無事間に合ったことにほっとしつつも、心の底では私が頼んだ時は全然協力してくれなかったのに、という割り切れない感情が蠢いていた。火傷《やけど》の痕のように、しくしくと。

でもそれを、伊藤さんには悟られたくない。

「高橋さん、寝不足?」

伊藤さんがそう言って、私の顔を覗き込んだ。

「くま、出来てる」

昨日はなかなか寝付けず、布団の中で寝返りを打っているうちに朝を迎えてしまった。明け方に浅い眠りの中で私が見たのは、保健室で見たのと似たような悪夢だ。わけもわからずひたすら崖から落ち続けるとか、誰かに追いかけられているのに急に走れなくなるとか。このところ、そういう夢ばかり見てる。

「ダメじゃん、夜更かししちゃ」

黙り込んだ私を見て、伊藤さんがおどけたように眉をひそめた。

「高橋さん、また熱出しちゃったりとかしないでよ? ほんと大変だったんだから、この前」

私を気遣ってくれたはずのその言葉が、どうしてかちくりと胸に刺さる。

「うん。もう、迷惑かけないようにする」

「……いや、そういうことじゃなくて」

伊藤さんが、困ったように口をつぐんだ。不自然な沈黙の後、伊藤さんが「そうだ」と声を上げ、ぱん、と胸の前で手を合わせた。いいことを思いついた、というように。

「ねえ、高橋さん。この後のお昼、よかったら一緒に」

「いらない」

自分で思っていたよりもずっと、硬くて冷たい声が出た。そういうの、いらない。

「え」

伊藤さんが、びっくりしたように私を見返した。断られるなんて、これっぽっちも想定していなかったかのような顔で。伊藤さんのその反応にすら、少しだけ腹を立てている自分がいた。

「私、午後から集計係任されてて。準備とかあるから、ゆっくりご飯食べてる暇とかない、かも」

「……そうなんだ」

伊藤さんは、意外なくらいあっさりと引き下がった。私が嘘を吐いたことくらい、すぐにわかったはずなのに。

「私やっぱり、もう一回トイレ戻る。ハンカチ忘れちゃった」

旗取りまでには、戻って来るから。早口でそう付け足して、踵を返した。伊藤さんの反応を待つことなく。ちらりと後ろを振り返ると、伊藤さんが途方に暮れたような顔をして、私を見つめているのがわかった。


保健室の扉を開けると、いつもの先生が私を出迎えてくれた。

「どうした?」

「せ、生理で」

「……一応体温、測っとく?」

「あ、えっと。大丈夫です。ちょっと休めばよくなると思います」

このところ、私は保健室の常連客と化している。早口で嘘を吐いた私の顔を、先生はじっと見つめただけで、何も言わなかった。好きなだけ休んでいいよ、とベッドを空けてくれる。その言葉に若干のやましさを感じつつも、先生のやさしさに甘えてもぞもぞと布団の中に潜り込んだ。冷たいシーツの感触と、微かな消毒液の匂いが心地いい。ここにいれば、誰に攻撃されることもない。ここは、学校で唯一の安全地帯だ。

午後の最初の競技は旗取りで、私達は四人一組で騎馬戦用のチームを作り、花火とともに打ち上げられる旗を取り合う。私と伊藤さんと藤村さんの三人が馬になる、ということは事前に決まっていた。一番多く旗を取った組には景品が出るため、大将の濱中さんはかなり意気込んでいる。もちろん、馬と大将の采配を決めたのも濱中さんたっての希望だ。

ところが、練習は予想以上に困難を極めた。三回に一回の割合で馬が崩れてしまう。伊藤さんは「まあなんとかなるでしょ」なんて言って笑っていたけど、正直うまくいくとは思えない。これから一時間もしないうちに本番を迎えるのかと思うと、考えるだけで気が滅入《めい》った。

今から目を閉じて、一、二の、三、で次に目を開けた時に、一日が終わっていればいいのに。そんなことを考えていると、廊下から誰かの話し声が聞こえてきた。

「せんせー。怪我しちゃった」

「あら、絆創膏一枚でいい？」

ドアの向こうで、小窓に映った人影が入れ代わり立ち代わり動く。聞こえてくるのは、ぼそぼそとした会話の断片だけだ。

「……や、待って」

「ねえ。よかったら、——ない？」

「そりゃあ、——けど」

その声に耳をそばだてているうち、うつらうつらと意識が薄らいでいくのがわかった。凪《な》いだ海で、静かに寄せては返す波のような眠り。

ふと気づくと、目の前に広がっていたのは、いつか私とさきちゃんとトトの三人で行ったピクニックとまったく同じ光景だった。時折吹きつけるやわらかな風が、さわさわと河原の草むらを揺らす。

さきちゃんは、自分の胸にトトを抱いていた。そっとトトの頭を撫でながら、今まで見たことのないくらい穏やかな笑みを浮かべて、私に話しかけてくる。でもどれだけ耳を澄ましても、さきちゃんが何を言っているのかまでは聞こえなかった。だってこれは、夢だから。でも、今自分がとても幸福な夢を見ているんだ、ということだけはわかる。そのかたわらで、さきちゃんの腕に抱かれたトトのつぶらな瞳が、じっと私を見つめていた。

どおん、どおん。

地鳴りのような音とともに、びくりとして目が覚めた。目尻がつっぱるような感覚に、指でごしごしと瞼をぬぐう。たまたま肌に触れた枕カバーの冷たさに、自分が涙を流していたことを知った。いつの間にか、寝落ちしていたらしい。はっとして布団からとび起きると、先生は姿を消していた。それどころか、保健室には誰もいない。

そうこうしているうちに、再び、どおん、という音が辺りに響いた。

「あ」

花火だ。嫌な予感に胸がざわつき、カーテンを開けて窓の外を見る。わあわあと、校庭を駆け回るクラスメイト達。競技はすでに、佳境を迎えていることがわかった。何人かの生徒達が、その手に勝利のサインらしき真っ白な旗を掲げている。すべてを察したと同時に、目の前が暗くなった。

「信じらんない。どう責任取るわけ」

濱中さんはそう言って、射抜くような眼差しで私を睨みつけた。

「……ごめん」

「そんな言い方しなくても」

伊藤さんが、私と濱中さんの間に割り込もうとする。藤村さんはその隣でコンクリートの段差に腰かけ、名前もわからない草をただひたすらにむしっていた。ちぎれた草の残骸が、藤村さんの足元に散らばっている。後ろのテントから、クラスメイト達のざわめきがうっすらと聞こえてきた。

旗取りをすっぽかした、と気づいた時には、時計はすでに午後二時を回っていた。どうやら、一時間以上ぐっすり眠ってしまっていたらしい。すでに競技が始まろうとしていたこともあって、随分捜しまわった、と伊藤さんから聞いた。結局旗取り自体は補欠から代役を立ててやり過ごしたものの、もちろん結果は惨敗だった。

「亜梨沙、もういいじゃん。高橋さんだって謝ってるんだから」

伊藤さんのいさめるような口調が、濱中さんの神経をよりいっそう逆撫でしたらしかった。

「……ひかりって、そういうとこあるよね」

「は？　それ、どういう意味」

「別に」

二人は睨み合ったまま、動かない。沈黙が、別の惑星の重力のように重かった。

黙っていると、濱中さんがもう一度、ねえ、と語気を強める。自分が話しかけられているとは思わず、無視する形になってしまった。

「さっきから、なんで黙ってんの？　ずっとあんたの話してるんだけど」

慌てて顔を上げると、濱中さんが瞳の奥に炎のような怒りをたたえて、私を見つめていた。

「ていうか、今回だけじゃないじゃん。看板のことだって、そう。全部途中で投げ出しちゃって、結局うちら三人で仕上げたんだし。それは事実でしょ?」

いい加減にしなよ、と伊藤さんが声を荒らげる。私は何も言えない。

「さっきのだってどうせ、あたし達のこと困らせようと思って逃げたんじゃないの」

「……そんな」

そんなことない、と言いかけた私の声は、あっさり遮られた。

「いつもこんなところにいたくないって顔してたもんね。そういうのわかるんだよ」

ほら何も言えないじゃん。濱中さんが、勝ち誇ったようにつぶやいた。違う。そんなつもりはなかった。私はただ。文章にならない言葉の破片が、ぐるぐると渦になって頭の中を駆け巡る。

「そうやって黙って、またひかりが庇ってくれるのを待つの?」

違う、と叫ぶ代わりに宙を掻いた腕が、濱中さんの手にあっけなく払いのけられた。その瞬間、いつかの夢の中の光景を思い出した。もがけばもがくほど、遠ざかる光。ぬかるんでいく足元。遠くで聞こえる笑い声。

「触んないで。気持ち悪い」

気持ち悪い。その言葉を投げつけられるのは、人生で三度目だった。ナイフのような言葉だ。心を切りさき、再起不能に陥らせ、魂をぐちゃぐちゃに破壊する言葉だ。緊急事態発生、緊急事態発生。あなたは命の危険にさらされています。これ以上の戦闘は危険です。急いで撤退の準備を始めてください。

「……して」

考えるより先に、口に出していた。

「は？　何。聞こえないんだけど」

「今の、取り消して」

伊藤さんの目が、微かに見開かれるのがわかった。

「私は、気持ち悪くない、から」

心臓が、ばくばくと音を立てて跳ねている。ああ、いやだ。本当はこのまま、コールドスリープしてしまいたい。ナイフを投げつけられたことにも、心を踏みつぶされたことにも気づかないふりをして、ずっとずっと眠っていたい。幸せな夢だけを見ていたい。

「ねえ、取り消して」

でも、それはできない。理想のさきちゃんも、理想のトトも、ここにはもういないから。地球を救えなかった私が、今度こそ救わなきゃならないものがある。コールドスリープできなくても、生命維持装置のスイッチが切られても、解凍に失敗して体がドロドロに溶けてしまったとしても。それでも、私は。

「ムカつく」

濱中さんがしばらくして、吐き捨てるようにつぶやいた。

「ほんっと、ムカつく！」

「……亜梨沙」

もう、やめなよ。伊藤さんが、濱中さんのもとへ一歩踏み出す。それを牽制《けんせい》するかのように、濱中さんが伊藤さんを睨み返した。

「ひかり、なんでこんな人に声かけたの？　マジで人見る目ないんだけど。この人を連れてくるくらいなら、いない方がよかった。代わりなんて、いらなかったのに」

私が声を挟む間もなく、濱中さんはわめき立てた。小さな子どもが、地団駄を踏むみたいに。

「だって、そういうことでしょ？　この人連れてきたのって。そんなの、うまくいくわけないじゃん。ほんっと、馬鹿なんじゃないの」

濱中さんはもうすでに、私のことを見てはいなかった。ううん、違う。濱中さんの目に私が映ったことなんて、一度たりともなかった。濱中さんはいつだって、私の向こうに違う誰かを見ていたから。

「この人だけじゃないよ。さーやだっていらなかった。あんなの、ただの裏切り者じゃん。あんな奴、最初からいなけりゃこんなことには」

その時だった。

ふっと目の前に影がよぎり、ぺちん、と水風船が弾けるような音がしたかと思うと、濱中さんがよろけた。誰かが濱中さんの頬を叩いたんだ、と気づくのに、そう時間はかからなかった。

「は？」

濱中さんは自分の頬を押さえながら、何が起こったのかわからない、という顔をして、あんぐりと口を開けていた。そしてそれは、伊藤さんも同じだった。もちろん、私だって。濱中さんの頬を張った本人だけが、至って冷静な顔で、私達を見つめていた。

「ふじもん?」

伊藤さんが、信じられないという顔でつぶやく。濱中さんに向かって手を上げたのは、藤村さんだった。さっきまで藤村さんがいた場所は、あらかた草がむしり取られ、そこだけ耕されたみたいになっている。

「何すんの?」

「……違う、から」

「は?」

「さーやは、裏切り者なんかじゃない。さーやに、謝って」

さーやの代わりなんて、どこにもいないよ。藤村さんはか細い声で、でもしっかりと、そう言い切った。

「だってさーやは、看板手伝ってくれたもん」

それを聞いた伊藤さんが、え、と声を上げる。

「私が一人で教室に残ってる時、声かけてくれたの。手伝うよって。でも、あの二人には言わないでって。私達だけの秘密ねって。二人に怒られちゃうからって。さーや、ほんとはうちらのところに戻りたいんだよ。さっきだって」

濱中さんが、ちょっと待って、とそこに割り込んだ。

「さっきって、何。あんた、まださーやと繋がってんの? あんなことされたのに?」

「繋がってるとかじゃなくて。保健室で、たまたま」

「何、たまたまって。そんなのあり得ない。騙されてるんだって。あいつは、そういう奴なんだから」

濱中さんの唇が、わなわなと震えていた。私には、わからない。さっきから、三人が何を話しているのか。騙されてるって何？　あんなことって何？　ただひとつだけわかるのは、私はすっかり蚊帳の外らしい、ということ。

「違うよ。だってさーや、私に言ってくれたもん。できるなら、こっちに戻りたいって」

藤村さんのその台詞を聞いて、はたと気づく。保健室でドア越しに聞こえてきた、途切れ途切れの会話。

『……や、待って』

さーや、待って。あの声は、そう言っていなかっただろうか。

『ねえ。よかったら、うちらのグループに戻らない？　ちゃんと話せば、亜梨沙だってわかってくれるよ』

『そりゃあ、わたしだって戻りたいけど。無理だよ』

『でも、私は』

私がこのグループに入ると決まったあの日、そっぽを向いて爪をいじっていた藤村さんが、喧騒の中で何を言っていたのか。

『……どうせ、さーやはいないし』

看板作りの帰り道、伊藤さんが私に話してくれたこと。

『元通りっていうのとは、ちょっと違う気がする。グループ抜けちゃった子もいるし』

かしゃん、とパズルのピースがはまったような気がした。和久井さん。この三人を見るたび頭によぎっていた、違和感の正体。ずっと何かが足りないような気がしていた。本来ならここにもう一人、いるべきはずの人がいない。

「私、ここにさーやを連れてくる。もう一回、ちゃんと会って話せば」

「……ふじもん。さーやは、もう」

伊藤さんの言葉は、藤村さんの耳には届いていないようだった。そんなことない、と伊藤さんの手を振り払い、テントの方角へと歩き出そうとする。その時だった。

「さやぽん！」

テントのすぐ裏から、そんな声が聞こえた。次、出番だよ。はーい、今行くー、と返事が聞こえる。その瞬間、私以外の三人の空気が固まるのがわかった。

それは、たしかに和久井さんの――いや違う、元〝さーや〟の声だった。このグループの、最後の一人。少なくとも、二、三ヶ月前まではそうだったはずだ。いつだって四人は、一緒に行動していたはずで。

それが、いつ頃からだろう。和久井さんが、この三人から距離を置き始めたのは。そしていつしか、和久井さんは別のグループの一員となっていた。まるで、最初からそれがあるべき姿だったかのように。

「さやぽん、だって」

長い沈黙の末、最初に声を上げたのは伊藤さんだった。さーや、今はそう呼ばれてるんだ。

「……変なあだ名」

次に、そうつぶやいたのは濱中さんだった。濱中さんは怒った顔のまま、必死に悪態を吐き続けた。さやぽんって何。くっそださい。馬鹿みたい。ありえない。ていうか調子よすぎ。何ふつうに他のグループに馴染んでんだよ。そうしていないと、悪態以外の何かが、濱中さんの体からこぼれ出してしまいそうに見えた。

「さーや」

最後にぽつりとつぶやいたのは、藤村さんだった。さーや、ともう一度口にした藤村さんの顔が、何の前触れもなくくしゃりと歪み、次の瞬間には、うえええええん、と激しい嗚咽に変わった。そんな藤村さんの背中に、伊藤さんがそっと自分の手を添えた。濱中さんがそれを見て、何泣いてんの、と二人に毒づく。でも間もなく、何かが決壊したかのように、濱中さんも一緒になってわんわんと泣き出した。今度は誰より、大きな声で。

「高橋さん！」

昇降口の手前で、名前を呼ばれた。伊藤さんが息を切らしながら、こちらに走ってくる。

「伊藤さん、どうしたの。リレーは？　もうすぐ出番でしょ？」

「うん。でもまだ、もうちょっと時間あるし。多分、走れば間に合うから。高橋さん、もしかしてリレーは見ない？」

「ううん。必要な荷物、取ってきただけ。すぐ戻るよ」

そう答えると、伊藤さんは「よかった」と言ってほっとしたように胸に手を当てた。

「……その。さっきは、ごめん。巻き込んじゃって」

ていうか、その前からずっとごめん。伊藤さんが私に向き直り、ぺこりと頭を下げた。

「うちらといる時の高橋さんの気持ち、全然考えられてなかった。自分の勝手で高橋さんのこと誘って、高橋さんに嫌な思いばっかりさせちゃった。ほんと、ごめんなさい」

そう言って、ゆっくりと顔を上げる。伊藤さんの指先が、所在なげに体操着の裾をつまんでいた。おでこにかかった短い髪の毛が、少し遅れてぱさりと落ちる。校舎裏から差し込んできた西日に、伊藤さんの体の輪郭がきらきらと光って見えた。

「ねえ、伊藤さん。そもそもなんで私をグループに誘ってくれたの？」

「なんでって……」

私の質問に、伊藤さんがぎくりとした表情を見せる。

『あれのどこが器用だよ』

濱中さんがそう言っていたのを聞いてから、ずっと不思議に思っていたのだ。看板作りの最中、私が塗ったところはすぐにそれとわかるくらい拙《つたな》かった。塗りにむらはあるし、輪郭もはみ出しているし。昔から、図工の成績はよくないのだ。伊藤さんも、それに気づいていたはずだ。

「私、言ったじゃん。不器用だって」

「だって、それは。謙遜かなって、思うじゃんか」

なぜ伊藤さんが、そんな風に思ってしまったのか。謎の答えは、すぐに解けた。なんでも、私が調理実習の時間に包丁で野菜の皮を剝いていたから、らしい。

「あれって、器用な人じゃないとできないんじゃないの？」

「……それとこれとは、全然別だよ」

伊藤さんはぱちくりと目を瞬かせ、そういうもんか、とつぶやいた。

「えっと、それだけが理由じゃないんだよ。でも私、あの二人に高橋さんは絶対仲間に入れた方がいいとか言っちゃって。なのに今更、勘違いだったとかも言えなくて。だから、その。亜梨沙がずっと機嫌悪かったの、私のせいでもあるっていうか」

もごもごと言い訳を繰り返す伊藤さんは、珍しく子どもっぽくって、なんだかおかしかった。私達はお互いに、知らないことが多すぎる。そう思った。伊藤さんは、普段はしっかりしているのに、時々妙に抜けているところがある。そういうところも、こうして話すようにならなかったら、きっとわからなかった。

「……嫌なやつでしょう、あいつ」

思わず顔を上げた私に、亜梨沙のこと、と伊藤さんがつぶやく。

「私もそう思うもん。性格キツいし、わがままだし、口悪いし、自分のそういうところ、全然反省しないし」

でも、と口にした後、伊藤さんは黙り込んでしまった。

「でも、放っておけない？」

伊藤さんが、驚いたような顔で私を見返した。

「……うん」

わかるよ、伊藤さん。そういう人、私にもいたから。そう言いかけて、やめた。どんなに似ていても、濱中さんはさきちゃんではないはずだ。濱中さんが伊藤さんにとってどんな存在でも、誰を許して誰を許さないかは、私が私の心で決めたい。そう思った。私の沈黙をどう受け取ったのか、伊藤さんはばつの悪そうな顔をして、もう一度深々と頭を下げた。伊藤さんの肩の向こうに、二色のクレパスを溶かしたみたいな淡いグラデーションの空が広がっている。

「ごめん、高橋さん。亜梨沙のことも、なんていうか、その。……ごめん」

伊藤さんはそう言って、それから何度も謝り続けた。見ていて、ちょっと情けなくなるくらいに。でももう、その姿を見ても心がざわついたりはしなかった。こんな風にもつれ合いながら、続いていく関係だってある。そんな友情も、きっとあるのだ。周りから見れば、それがどんなに歪《いびつ》なことでも。

「伊藤さん、顔上げて。そのことは、もういいんだ。さっき、濱中さんが言ったこと。全部が全部、的外れってわけでもないし」

「え」

『どうせ、あたし達のこと困らせようと思って逃げたんじゃないの。いつもこんなところにいたくないって顔してたもんね。そういうのわかるんだよ』

濱中さんの言う通りだ。あの時私は、布団の中で自然に眠ってしまったわけじゃない。私が自分の意思で、あの場所に逃げ込んだんだ。

「伊藤さんに声をかけられた時、思ったの。私も、入れるかもしれないって。みんなと同じ、ゴルディロックスゾーンに」

伊藤さんが、ぽかんとした顔で私の言葉を繰り返した。と言っても一度聞いただけでは覚えきれず、「ゴル……？　え、何」と首を傾げている。そうだ、あの時テレビに映っていた案内役の老人は、こんなことを言っていた。

『宇宙において生命の誕生と生存の維持に適した領域のことを、ゴルディロックスゾーン、と呼びます』

ゴルディロックスゾーン。恒星から近すぎも遠すぎもせず、暑すぎもしなければ寒すぎもしない、つまり、〝ほどほどの、ちょうどいい場所〟。そういう環境のことを、ゴルディロックスゾーン、あるいは生存可能領域と呼ぶことがあるらしい。逆にその領域を外れれば、生き物は存在することすらできない。それを聞いた伊藤さんが、一瞬何か言いたそうな顔で私を見て、すぐに目を伏せた。

私は教室の隅で自分の居場所を——自分だけのゴルディロックスゾーンを探していて。伊藤さんにグループに誘われた時、やっとそれを見つけた気がした。

「でも、無理だった」

本当は、わかっていた。そこはやっぱり、私の居場所じゃなかった。それなのに、やっとの思いで見つけたその場所を失いたくなくて。また一人になるのが、怖くて。ただそれだけのために、伊藤さん達のグループに紛れ込もうとした。伊藤さん達を、利用した。それを濱中さんには見抜かれていたのだ。

「いつになったら、見つけられるんだろう」

教室は宇宙で、私はその宇宙に浮かぶよるべのない星のひとつだった。そこには星の数だけ、誰かのゴルディロックスゾーンがあった。みんなが自分の生存可能領域を見つけていた。

誰かに近づきすぎて燃やされてしまうことも、遠ざかりすぎて凍え死んでしまうこともなく。それなのに、私だけがずっとその領域を見つけることができないまま、ひとりで勝手に絶滅してる。さきちゃんを失ってから、ずっと。

「私はもう随分長い事、ゴルディロックスゾーンの外側を生きてるような気がするなあ……」

時に惹きつけ合い、時に弾かれ合いながらも続いていく星々の営みを、焦がれるように眺めながら。


校庭に向かうと、すでにクラス対抗リレーは始まっていた。立ち昇る砂煙とともに、選手達が競り合っている。トップとそれ以下の間には、随分距離が開いているみたいだ。うちのクラスは、ビリから数えた方が早かった。もう勝ち目はないと悟ったのか、応援団長の大沢君もすっかりやる気をなくして、テントの隅でふて腐れている。伊藤さんの出番は、次の次。伊藤さんは他の選手達とともに、粛々と自分の出番を待っていた。

歩きながらポケットの中身を探り、中からそれを取り出す。手の平にのせてそっと皺を伸ばしたのは、ついさっき自分の机から取ってきたおのちんの手紙だった。滑らかな手触りの、ミントグリーンの封筒は、最後に見た時と変わらない姿で私の手元にあった。私は今日、この手紙をおのちんに返そうと思っている。

やっぱり断られてしまうだろうか？　あるいは詰《なじ》られたり、責められたりするかもしれない。それでもやっぱりこれは私じゃなく、おのちんから渡すべきもののような気がする。多分今、さきちゃんといちばん近い場所で生きているのは、おのちんだと思うから。さきちゃんと同じ、生存可能領域で。私もかつては、そこにいた。

ふと、このリレーが始まる前、伊藤さんが言っていたことを思い出した。スピーカーを通じて放送された選手集合のアナウンスを受けて、そろそろ行かなくちゃ、と歩き出した伊藤さんが、あ、と声を上げてこちらを振り返った。

『さっきの話って、宇宙人はどうなるの?』

『え?』

『だから、宇宙人。そのなんとかゾーンって、人間が勝手に決めたやつでしょ。それこそ、ナントカ星人だって神様だって幽霊だって、宇宙のどっかにはいるかもだし。ここじゃなきゃ生きられないなんて、誰が決めたの。ちょうどいいちょうどいいっていうけど、そんなのひとによるじゃん。ほら、お風呂だって人によって適温は違うわけだし』

『お風呂』

『三十八度がちょうどいい人もいれば、四十二度のお湯につかりたいって人もいるわけで。だからなんていうか、その、ゴル、ゴル……なんだっけ』

ゴルディロックスゾーン、と言うと、伊藤さんが、そうそれ、と私の顔を指さした。

『ひとのゴ、ゴルなんとかゾーン、勝手に決めんなよって話』

伊藤さんは、そのまま、まくし立てるように続けた。

『そしたらさ。もしかしたら、もしかしたらだけど。高橋さんのいる場所がゴル……ディロックスゾーンの外側なんじゃなくて、私達のいる場所が、高橋さんのゴルディロックスゾーンの外側なのかもしれないよ』

　伊藤さんが、真面目な顔でそう言い切った。

『……えっとそれ、私が宇宙人って話？』

『そういうわけじゃない、けど』

　うーん、でもまあ、そうなるか？　それを言ったら私達だって、他の宇宙人にとっては宇宙人なわけだし。ぶつぶつとつぶやいていた伊藤さんは、ちょっと照れくさそうな顔をして、この説どうかな、と首を傾げた。その落差がおかしくて、私は笑いながら、一応頭の片隅にいれとく、とだけ答えた。

『あるかなあ、そんな場所』

　そう言いながら、自分達の頭上に広がる秋の空を見上げると、伊藤さんは、あるよきっと、と力強く頷いた。

『だって宇宙って、めちゃくちゃ広いらしいし。後ね、実は宇宙、ひとつじゃないらしいよ』

『え、ほんとに⁉』

『ほんと、ほんと。昔、テレビかなんかで見たんだけど……』

　ちょうどその時、目の前にわっと歓声が湧き起こった。襷《たすき》が、次の走者へと渡る。伊藤さんまでは、あと一人だ。少しずつ、前の走者との距離が縮まる。伊藤さんがついに、スタートラインへと並んだ。

「一組、負けるなー！」

うちのクラスのテントから聞こえた一際大きい声は、確かめるまでもなく濱中さんだった。よし、と呼吸を整え、その後ろ姿に近づいていく。

「亜梨沙」

藤村さんが私に気がついて、顎をしゃくる。濱中さんが首を回し、強張ったような表情で私を見つめた。随分長い間、私達の間に会話はなかった。

「……濱中さん、私」

さっきのこと、と口を開きかけたその時、濱中さんが無言で立ち上がった。そのまま、大沢君のもとにつかつかと歩み寄る。なんだよ、という顔をした大沢君に向かって、

「いらないいなら、あたしがもらうから」

きっぱりとそう言い切った。そして、大沢君の足元に転がっていた何かを乱暴につかみ取り、鼻息荒くこちらに戻って来た。大沢君が、ぽかんとした顔で私達を見つめている。濱中さんが、手に持ったそれをぐいと差し出した。

「え」

「使えば」

それは、応援用のメガホンだった。なかなか受け取れずにいると、濱中さんがほとんど押しつけるようにして、それを渡してきた。

「いつまでそこに突っ立ってんの。みんなの邪魔じゃん。座るなら、さっさと座って」

ひかりのこと、応援するんでしょ。濱中さんは前を向いたままそう言って、自分のお尻を動かした。微妙だった隙間が、ギリギリ一人分座れるくらいになる。その空間に、おずおず

と腰を下ろした。それでもやっぱり狭くて、濱中さんの二の腕に、私の腕がぴったりとくっつく。でももう、気持ち悪いとは言われなかった。

「ひかりー！　がんばってー！」

さっきまで泣いていたせいか、濱中さんの声はひどく嗄《しゃが》れている。濱中さんはさっき、あたしが泣いたこと誰かに言ったら殺すから、と宣言して、私の前から去って行った。これだけ声が嗄れてたら周囲が気づかないはずがないと思うけど、それでも濱中さんは、伊藤さんへの応援を止《や》めなかった。声の限り、伊藤さんの名前を叫び続ける。その隣で、藤村さんも負けじとお揃いのポンポンを振っていた。隣に座っていた女子達が顔を見合わせ、控えめながらもそれに続く。少しずつ応援の声が上がり始めて、大沢君もいつのまにか自分の席に戻って来ていた。男子達にたしなめられたか、尻を叩かれたかしたのかもしれない。すっかり調子を取り戻して、「きばっていこうぜ」なんて周りに声をかけている。

きっと私とは、別の生存可能領域で生きる人達。その領域が、重なることは絶対にない。……なんてことは言いきれない、のかも知れない。もし私の惑星の文明がめちゃくちゃ発達したら、宇宙旅行のついでに、私がみんなを迎えに行ったっていい。コールドスリープなんかよりも、もっといい移動手段を発明して。私のゴルディロックスゾーンから、他の誰かのゴルディロックスゾーンまで。

そんなことを考えながら、メガホンを口に当てた。思い切り息を吸い込み、声を出す。

「がんばれ、伊藤さん！」

濱中さんがびっくりしたような顔で私を振り返った。次の瞬間、伊藤さんが襷を受け取り、テイク・オーバー・ゾーンを飛び出した。数えきれないくらいの声援を受けて。地球の重力を振り切って今まさに宇宙に飛び立たんとする、ロケットみたいなスピードで。

# 放課後から届く声

いってきます、とつぶやいて、依子は玄関の上がり框から立ち上がった。と言っても、父親は仕事でとっくに家を出ていて、依子の声に応える者はいない。それでも十年以上、依子はこの習慣を欠かしたことがなかった。出掛けの挨拶は、依子が家を出る時自分にかける、おまじないのようなものだ。

玄関の姿見の前で前髪を整えると、学校指定のダッフルコートを上まで留めて、鮮やかな水色のマフラーを首に巻き付ける。カシミヤ製のそれは、今年の誕生日に買ってもらった。流行に左右されないシンプルなデザインと、目にした瞬間、ぱっと心がはなやぐような明るい色味が気に入っている。今日は夕方から、さらに冷え込むらしい。三月に入ったというのに、今週は特に厳しい寒さが続いている。今年は桜の開花時期も遅れる見込みだ。

最後に卸し立てのキャンバススニーカーをきゅっと鳴らして、意を決したようにドアノブに手を掛ける。その背中を見つめて、小さく息を吸い込んだ。

いってらっしゃい。

すると、依子が扉の前で立ち止まり、驚いたようにこちらを振り返った。きょろきょろと辺りを見回し、首を傾げて家を出る。聞き間違いだ、と自分に言い聞かせるように。

「たいせつなことは、目に見えない」

がらんとした教室に、声変わり途中のやや掠れた声が響いた。

「え、何?」

「知ってる? いちばんたいせつなものは、目に見えないんだって。この前読んだ本に、そう書いてあったんだ」

依子がその本のタイトルを告げると、伊藤さんは机から体を起こし、んしょ、と大きく伸びをした。吹奏楽部の練習だろうか。どこからか、立ち上がりの悪いトランペットの音が聞こえてきた。演奏曲は依子達が生まれるよりもずっと前にヒットした、有名な卒業ソング。全校生徒の前で披露するには、もう少しだけ練習が必要そうだ。

「――でね、そのキツネが言うの。かんじんなことは、目に見えない。心で見なくちゃ、ものごとはよく見えないってことさ、って」

「んー。聞いたことあるような、ないような……」

だめだ、私そういうのすぐ忘れちゃう。そう言って顔をしかめた伊藤さんに、じゃあこれは？　と依子が別の絵本のタイトルを挙げた。

「ヒント。二匹のカエルが主人公です」

「あ！　それ、知ってる」

伊藤さんの表情がぱっと明るくなった。それからしばらく絵本のクイズ大会は続いて、最初は眉間に皺を寄せていた伊藤さんも、なんだ、意外と覚えてるじゃん、と顔をほころばせた。

「あ、そっか。高橋さん、今読書にハマってるんだっけ」

「ハマってるってほどじゃないけど」

依子はもごもご口を動かしながら、照れたように目を伏せた。

「ほら、この前うちの物置から大量の絵本が出てきたって話したじゃない？　だからなんか、懐かしくて」

「大掃除の時だっけ」

そうそう、と依子が大きく頷く。

「絵本の他にも、シリーズものの小説とか古い文庫本とか、こーんな分厚い詩集とか」

いわゆる、形見っていうの？　そう言って、おどけるように肩をすくめた。

「うちのお母さん、昔学校の司書やってたんだって。なんかそういうの、好きだったみたい」

「え。初めて聞いたかも」

私も最近知った、と依子が笑う。

「それもあって、たまーに読み返してるんだ。子どもの時に読んだきりだから、内容とかほとんど忘れちゃってるんだけどね。これってこんな話だったたっけ、ってのが結構あって。さっきのキツネの台詞もそうだけど……」

どうしたの、と伊藤さんが首を傾げる。

「なんか、腹立っちゃってさ」

「腹立つ？　なんで？」

「うーん。なんでだろ……」

うまく言えないけど。はぐらかすように笑って、自分の手元に視線を戻した。しゃきん、しゃきん、しゃきん。依子がハサミを動かすたび、折り紙の断片がひらひらと宙を舞う。

「ねえ、高橋さん。もしかしてそれも自分でやった？」

「え」

伊藤さんが、おでこの辺りでちょきちょきと指を動かす。ぽかんとした顔でその動きを見ていた依子が、悲鳴とともに椅子から飛び上がった。

「……やっぱりこれ、切りすぎだと思う?」

みるみるうちに、顔が耳まで赤くなっていく。

「変でしょ、変だよね。自分でもそう思ったもん。朝、長さだけ揃えるつもりだったんだけど……」

「そんなこと」

「いいよ、気ぃ遣わなくたって。どうせ私、不器」

言い終わらないうちに、伊藤さんが自分の机から身を乗り出した。そのまま、依子の鼻を親指と人差し指できゅっとつまみ上げる。

「ひょっど、いどうさん。だにする――」

「そのどうせってやつ、禁止」

依子の動きがぴたりと止まる。伊藤さんはすぐに指を離して、「それ、いい感じだよ」と笑いかけた。

「最初から、そう言おうと思ってたのに」

「……ほんと?」

依子は半信半疑という顔で、赤くなった鼻の頭を擦っていた。

「ほんと、ほんと。今の髪型に似合ってる」

伊藤さんは依子の顔を正面からまじまじと見つめ、からかうような口調でこう付け加えた。

「まあ、若干独創的な感じではあるけどね」

依子は最近、小学生の頃から伸ばしていた髪をばっさり切った。そのことに、何か特別な理由があったわけじゃない。強いて言うなら、朝に見たテレビの占いコーナーで、自分の星座のおすすめスポットが「美容院」だったから。三年生に上がってからというもの、机に向かうことが増えて、伸びすぎた髪が鬱陶しくなってしまったのもある。

美容院からの帰り道、想像以上に短くなった襟足はなんだか心許《こころもと》なくて、依子は商店街の窓に映る自分の姿を何度も振り返った。あれから二ヶ月以上経っても、いまだに慣れない。妙にうなじがすうすうして、お風呂上がりに風邪をひきそうになることもある。

昨日、依子は町の洋品店で春から通う高校の制服を受け取った。憧れのセーラー服は、思ったよりも形がいかめしく、生地がごわついていて、サイズ感もいまいちで。いろんな意味で、想像と違った。でも、試着室の鏡に映った藍色の制服と、すっきりとしたショートボブの組み合わせは、なかなか悪くなかった。前髪はやっぱり、ちょっと切りすぎてしまったけれど。


「――よし、できた」

結んだ糸にはさみを入れて、依子が口元をほころばせた。数珠つなぎになったオーロラ色の折り紙の星が、依子の指先でぷらぷらと揺れている。

「うん、きれいだね」

ほどけた星座みたい。伊藤さんが自分の作業から顔を上げ、しみじみとつぶやいた。机の上には、同じような紙細工の星飾りがいくつも散らばっている。

「ねえ伊藤さん、聞いた？　タイセイ君、あれから家で泣いちゃってすごかったんだって。佐々木さんのこと、随分ショックだったみたい」

「全然さみしくねーよ、とか言ってたのに？」

「そうそう。タイセイ君らしいよね」

かわいいとこあるじゃん、と笑っていた伊藤さんが、ふっと表情を曇らせた。

「私、ちょっと心配だな」

「え？」

「ちいのこと。あいつ、けっこうへそまがりだから。タイセイ君がその調子だと、ちいは絶対泣かないもん、とか言って変な意地張っちゃいそう」

「ああ、なるほど」

思い当たる節でもあるのか、依子がくすりと笑った。

「佐々木さんのこと、みんな大好きだもんね」

それを聞いた伊藤さんが、黒板横に貼られたカレンダーの日数を指折り数えて、あと一週間か、とつぶやいた。

「さみしくなるね」

「……うん」

依子はそれ以上何も言わず、窓の外に視線を動かした。野太いかけ声に混じって、部員達に集合を告げるホイッスルの音がここまで届いた。校庭を走る野球部の白いユニフォームが西日を反射して、ぼんやりと発光しているように見えた。

依子が町の学童に顔を出すようになって、一年が経とうとしていた。

きっかけは、伊藤さんに連れられて初めて館内に足を踏み入れた時のこと。建物の佇《たたず》まいに懐かしさを覚えて、きょろきょろ辺りを見回していると、事務室から出てきた佐々木さんに声をかけられた。

『……もしかして、依子ちゃん?』

困惑しつつも、はい、と答えると、佐々木さんが、あらあらまあ、と目を見開いた。

『立派なおねえさんになっちゃって。昔はこーんなにちっちゃくて、私のうしろに隠れてばっかりいたのに』

佐々木さんはそう言って、口元を手で覆いながら、ころころと笑った。それを見ているうちに、ぼんやりと思い出す光景があった。遊戯室のクリーム色の壁や、窓際に並べられた絵本の棚のこと。小学校に上がったばかりの頃、時々学校終わりにこの場所に立ち寄った。ここでもなかなかみんなの輪に入ることはできず、ひっつき虫みたいに佐々木さんの後ろをついて回っていたことも。

『……大きくなったねえ』

あの頃依子がいたはずの場所には、ちいちゃんを含めた何人かの子ども達の姿があった。

佐々木さんは感慨深そうに依子を見つめると、やだやだ、この年になると涙腺が弱くて、なんて言いながら、目尻にうっすらと涙を浮かべていた。

それ以来、依子は定期的に学童を訪れるようになった。修学旅行のおみやげを渡しにいったり、中学生向けのボランティアに参加したり。学童のOG会に入ってからは、みんなで庭の野菜を収穫したり、毎年恒例の夏祭りの手伝いをしたりもした。子ども達にも「依子おねえちゃん」として認知され、今ではすっかり顔なじみとなっている。わんぱくなちびっこ達が依子に懐いてくれたこともあり、二人には頭が上がらない、というのが佐々木さんの口癖だった。

その佐々木さんが、今月いっぱいで施設を退職する。いちばん下の息子さんが成人したのを機に、二十代の頃からの夢だった語学留学を果たすんだそうだ。退職後は事前準備のために、しばらくこの街を離れるらしい。旦那を説得するのに時間がかかっちゃった、と言って、佐々木さんはからからと笑っていた。一週間後には子ども達が主体となり、佐々木さんのおわかれ会が開かれることになっている。

先週のミーティングで、いつもは無口なちいちゃんが珍しく、自分からおわかれ会の飾りつけ担当に手をあげた。

『当日はお遊戯室をお星様でいっぱいにして、佐々木さんをびっくりさせたい』

佐々木さんの趣味がナイトハイクだと聞いて、一生懸命考えたんだそうだ。事前にその計画を相談された依子はもちろんのこと、このままだと準備が間に合わないかもしれない、となってからは、伊藤さんもお手伝いにかり出されることになった。受験シーズンが落ち着いたこともあり、このところは教室に残って、せっせと飾りつけ用のお星様を作る日々が続いている。

「あれ、もうこんな時間」

伊藤さんが驚いたように声を上げる。気がつけば、先程まで校庭を駆け回っていた野球部のメンバーは、全員姿を消していた。代わりに、昇降口へ向かう生徒達の影がちらほら見える。部活の時間もそろそろ終わりだろうか。

伊藤さんは自分の机を片付けると、余った星のパーツを集め始めた。一枚一枚拾い上げ、丁寧に皺を伸ばしてから、スケッチブックに挟んでいく。

「高橋さん？」

掃き掃除をしていた依子が箒《ほうき》の手を止め、先程のカレンダーをじっと見つめていた。どうしたの、と伊藤さんから声をかけられ、慌てたように振り返る。

「あ、えっと。卒業式まで、もうすぐだなって」

「……ああ」

なんか嘘みたいだよね。カレンダーに記された赤いばつ印を見つめながら、伊藤さんがつぶやいた。

「あの、伊藤さん。ちいちゃんには、もう言ったの？」

「え」

一瞬口ごもった依子が、あのこと、と口にする。それだけで、伊藤さんには何のことか伝わったらしい。伊藤さんは、ううん、と小さく首を振った。

「タイミングが難しくて。佐々木さんのこともあるしね。親にも、まだちいには言わないで、って口止めしてもらってるんだ」

そろそろ言わなくちゃとは思ってるんだけど。伊藤さんにしては珍しく、口元に弱々しい笑みを浮かべていた。

「はい、この話題おしまい」

湿った空気を断ち切るように、伊藤さんが、ぱん、と胸の前で手を叩いた。

「そんなことより、高橋さんは？　高校の制服、もう受け取ったんでしょ」

「……あ、うん」

「セーラー服だっけ。そういうの、ちょっと憧れる。こっちはまたブレザーだよ。変わり映えしなさすぎ」

今度、絶対写真見せてよね。伊藤さんはそう言って、依子から箒を奪い、がしがしと乱暴に床を掃き始めた。伊藤さんが箒を動かすたび、大量の埃がきらきらと宙を舞う。その埃っぽさに、依子は、けほ、と小さく咳をした。

『高橋さんはどうして、受かるかわからない高校を受けてみようって思ったの』

『え』

強い寒気が日本列島を南下し、今年初めての雪がちらつき始めた一月のある日のことだった。受験本番を間近に控え、最後の追い込みで居残り勉強に励む依子に、伊藤さんが突然そんな質問を投げかけた。

三年生に上がって最初の進路調査で、依子はそれまで空白のまま提出することが多かった進路希望の紙に、生まれて初めて具体的な進路先を書き込んだ。依子が第一希望にあげたのは、この地域ではそこそこ名の知れた公立高校の普通科だった。卒業後の進路に大学進学を選ぶ生徒がほとんどで、キー局のアナウンサーや国会議員を輩出したことでも有名だ。無謀とまではいかないまでも、当時の依子の学力からすると、なかなか思い切った決断だと言わざるを得ない。おかげでこの一年は、学校と家の往復に加えて、慣れない塾通いに悪戦苦闘する日々が続いていた。

『……なんか、まずいこと聞いちゃった？』

答えに詰まった依子を見て、伊藤さんが不安そうに目を瞬かせる。二人のすぐ後ろで、年季の入ったヒーターがごうごうと音を立てながら熱風を吐き出していた。

ううん、全然、と依子が慌てたように首を振った。

『ただ、改めて聞かれると難しいなって。ほら、前も言ったでしょ。学校が家からいちばん近かったとか、制服に憧れてたとか、それっぽい理由はたくさんあるんだけど……』

そこまで言って、また口ごもる。こういう状況には慣れているのか、伊藤さんは続きを急かすでも無理に話題を変えるでもなく、黙って依子の言葉に耳を傾けていた。

『……でもいちばんは、なんていうのかな。一度くらいちゃんと、自分のことを信じてみたかったのかも』

ようやくしっくりくる言葉が見つかったのか、依子はそう言って、はにかむように笑った。

『だからあの時、戸塚先生が私のことを信じてくれて、うれしかったんだと思う』

あの時って、と伊藤さんが首を傾げる。

『去年の進路相談の時。今の高校に賛成してくれたの、戸塚先生だけだったんだよね。他の先生達からは、もっとレベルを落とした方がいいんじゃないかとか、なんで併願にしないんだとか、色々言われたんだけど』

依子はめくりかけの単語帳を机に置いて、誰もいない教壇をじっと見つめた。

『でもね、戸塚先生だけは違ったんだ。誰に何て言われても、高橋さんのしたいようにするべきだって、そう言ってくれたの。正直、びっくりした。絶対反対されると思ってたから』

それまで黙って話を聞いていた伊藤さんがへえ、と意外そうな顔でつぶやいた。

『トッティー、意外といいとこあるじゃん。見直したかも』

普段はちょっと、いやだいぶ口うるさいけど。依子がそれを聞いて、ぷっと噴き出す。

『あれだ。鬼の目にも涙、ってやつ?』

『鬼は言いすぎ』

じゃれ合うような二人の声が、ぬくまった教室の空気に溶けていく。

教室のスピーカーから流れ出した校内放送に、そろそろいかなくちゃ、と伊藤さんが立ち上がった。これからちいちゃんを迎えに行くらしい。佐々木さんにもよろしく、と依子が手を上げた。

『じゃあ、また明日』

スポーツバッグを肩にかけ、教室の出口に向かって歩き出した伊藤さんが、高橋さん、と依子を振り返った。

『高橋さんなら、きっと受かるよ』

だから、がんばれ。伊藤さんはそう言って、くるりと踵を返した。じゃあね、と廊下から手を振って、教室を後にする。それからしばらくの間、依子は伊藤さんが立っていた場所をじっと見つめていた。

ぱたん、ぱたん、ぱたん。少しして、再び単語帳をめくる音が聞こえ始めた。ふと顔を上げると、夕方から降り出した雪が、校庭を真っ白に染め上げていた。戸が閉まる直前に見えた伊藤さんの手のひらが、依子の頭の中でひらひらと閃《ひらめ》いている。季節外れのちょうちょみたいに。依子の目に、春はまだもう少しだけ、遠いものに映った。


その日、二人は学校を出ると、いつものように並んで夕暮れ時の河原を歩いた。二人が口にするのは、とりとめのない話ばかりだ。依子が昨日、久しぶりに母親のお墓参りに行った話とか、最近駅前にできたドッグカフェの話とか、伊藤さんが濱中さんと喧嘩して一瞬仲直りして、結局また喧嘩した話とか。

時折ジャージ姿の女性コンビや小学生のグループがやって来て、二人の横を通り過ぎていく。この辺りを犬の散歩や毎日のジョギングコースにしている住民は多い。堤防を降りた先には多目的広場と称された芝生だけの空間があり、休日はドッグランやピクニックを楽しむ家族連れの姿で賑わう。この寒さもあってか、今日は人影もまばらだ。

「これで一件落着、とか思ってたのにさあ。今度は私が亜梨沙を既読無視したとかで、また怒ってんの。見てよ、これ」

伊藤さんはそう言って、自分のスマホを依子に向けて差し出した。濱中さんからのメッセージは、いくら画面をスクロールしても終わりが見えない。

「二人の絶交はあてにならないからなぁ」

依子はそれを見て、呆れたようにつぶやいた。深夜に届いた絶交宣言は、依子の目には濱中さんからの熱烈なラブレターに見えた。伊藤さんがそれを聞いて、えー、じゃあまた私が折れなきゃなんないの、と肩を落とす。

「どうせもう卒業だし。今更仲直りなんてしたって」

「あ」

「……高橋さん?」

突然立ち止まった依子を、伊藤さんがいぶかしげな顔で振り返る。すると、依子が伊藤さんにつかつかと歩み寄り、間近で鼻をちょんとつついた。とても依子らしい、控えめな仕草で。

「禁止じゃなかったっけ? 〝どうせ〟」

伊藤さんが目をぱちくりとさせる。しかめ面を作っていた依子がそれを見て、耐えきれないというように噴き出した。伊藤さんもつられて、へへっと笑う。

この三年で、依子は変わった。もちろん勉強は苦手だし、相変わらず運動音痴だし、教室で急に二人組を作れと言われると、やっぱり今もドキドキする。いや、ドキドキする、は控えめに言いすぎた。本当は胸がばくばくして胃がひっくり返りそうになり、「惨め」や「恥ずかしい」で頭がいっぱいになって、このまま消えてしまいたい、と思うこともある。

そういう時、依子はまず最初に目を閉じて、ゆっくり深呼吸をする。みんなの中に、一人は怖い。怖いけど、さみしい時もないわけじゃないけど、一人は恥ずかしいことでも、惨めなことでもないはずだ。そう自分に言い聞かせながら、「恥ずかしい」や「惨め」と一緒くたになった「さみしい」のかけらを、ひとつひとつ丁寧に選《よ》り分ける。「恥ずかしい」も「惨め」も、一介の中学生にはなかなか手強《てごわ》い相手だ。でも「さみしい」だけなら、なんとか依子の手に負える。それがわかってから、一人の「怖い」は前より怖くなくなった。

そうして胸のばくばくが落ち着いた頃、そっと瞼を開けて、辺りを見回す。教室の中に、もし自分と同じように不安そうな顔をしている子がいたら、思い切って声をかけてみる。断られたら仕方ない。うまくいくこともあるし、いかないこともある。相手から声をかけられたら、少しだけ――本当はすごくうれしい。コールドスリープは、もうしない。


「高橋さん、待って」

信号の手前でいつもの分かれ道に差し掛かり、どちらからともなく足を止めた。じゃあ、と手を振って歩き出した依子を、珍しく伊藤さんから呼び止めた。

スポーツバッグを地面に下ろし、例のスケッチブックを取り出す。少しして、伊藤さんは中に挟んでいた小さな紙切れを依子に向かって差し出した。

「……これって」

それは、ふたつに折り畳まれたルーズリーフの切れ端だった。

「ずっと渡そうと思ってたのに、忘れちゃってたから」

寮の住所と、電話番号のメモ。伊藤さんはそう言って、スケッチブックを胸に抱いたまま、ぽりぽりと頭をかいた。スマホもあるけど、一応ね。

伊藤さんが陸上部への本格復帰を果たしたのは、今から一年と五ヶ月前のことだった。地道なリハビリと基礎練習を重ね、あっという間に自己ベストを更新するまでに至った。伊藤さんは先週、惜しまれつつ部活を引退し、四月からは県内の陸上強豪校に入学することが決まっている。

「私がいなくても、たまにはうちに遊びに来てよね。ちいもその方が喜ぶと思うし」

高橋さんが迷惑じゃなかったら、だけど。伊藤さんは言い訳でもするみたいに、慌ててそう付け加えた。

「私もその時は、こっちに帰ってくるからさ」

もちろん、そんなにしょっちゅうは無理かもだけど。伊藤さんの高校は、この街から二時間近く電車を乗り継いだ先にある。入学と同時に寮に入ることは、随分前から決まっていたことらしい。

とその時、依子達の後ろから、ランニングウェアに身を包んだ二十代くらいの男性がやって来た。依子が道を譲ると、男性は軽い会釈を挟んで、颯爽《さっそう》と二人を追い越していった。

遠ざかっていく男性の背中を見つめながら、伊藤さんが口を開いた。

「高橋さん、さっき言ってたよね。本を読んで、腹が立ったって」

「え」

ぽかんと口を開けた依子を見て、伊藤さんがくすりと笑った。

「——私達、」

その声は、川向こうから堤防へと吹き抜けた風の音に邪魔されながら、途切れ途切れ、依子のもとに届いた。

まるで、トランシーバー越しの会話みたいに。

「……私、時々手紙書くよ」

しばらくして、依子が口を開いた。伊藤さんが、うん、と頷く。

「無理、しない程度に」

「うん」

「伊藤さんがいなくても、ちいちゃんに会いにいく」

「うん」

「ねえ、伊藤さん」

ん、と伊藤さんが首を傾げる。依子は短く息を吸い込んで、胸のつかえを吐き出すように、それを口にした。

「濱中さんと、絶対仲直りしてね」

伊藤さんは、戸惑ったような顔で依子を見つめていた。答えはなかなか返ってこない。堤防下の草むらを、打ち捨てられた段ボールが風に巻かれて転がっていく。

「……風、強くなってきたね」

そろそろ帰ろうか。依子が言いかけたその時、

「あ」

小さな星が一枚、伊藤さんのスケッチブックから滑り落ちた。依子が咄嗟に腕を伸ばしたものの、別方向から吹いた風にさらわれ、あと一歩のところで取り逃してしまう。

伊藤さんが、依子の背中に向かって声をかけた。

「いいよ、一枚くらい」

「でも、せっかく作ったんだし――」

私拾ってくる、と走り出そうとした依子が、河川敷へと続くスロープの途中で、ふいに足を止めた。

「高橋さん?」

依子の視線が、向こう岸の風景に釘付けになっている。青ざめた唇が、わずかに動いた。

さきちゃん。

「え」

伊藤さんの目には、それはただの豆粒に見えた。遠くの草むらを移動する、小指の爪ほどの大きさの影。言われてみれば人間だ、とようやく気づけるくらいの。

鉄橋を支えるコンクリートの脚のふもとに、小学生くらいの子ども達が集まっていた。かけっこでもしているのか、弾けるような歓声が微かに聞こえてくる。そのすぐそばに、彼らの保護者役を務めているらしい、女の子の姿があった。それが、さきちゃんだった。おそらく私服姿で、フードのついた上着とデニムパンツを身につけている。ここからは、表情まで

は読み取れない。でも、それは間違いなく、さきちゃんだった。

高橋さん、と体を揺さぶられ、ぎくしゃくと顔を上げる。どうしてだろう。さきちゃんは、すぐそこにいるのに。手を伸ばせば、届きそうに見えるのに。体がぴくりとも動かない。スニーカーの底が、地面に縫いとめられているみたいに。依子の腕をつかむ伊藤さんの手のひらが、じんわりと熱い。二人の視線がかち合い、依子が何か言おうとするより先に、伊藤さんが口を開いた。

いって。

次の瞬間、依子が弾かれたようにその場から動き出した。さっきまでの逡巡《しゅんじゅん》が、嘘のように。まるで、悪い魔法が解けたみたいに。スロープを駆け下りて、広場を斜めに突っ切ると、すすきの向こうにきらりと光る川面が見えた。一瞬立ち止まった依子の頭の中に、伊藤さんの言葉がリフレインする。

『高橋さん、さっき言ってたよね。本を読んで、腹が立ったって』

『え』

あれ、私も同感だな。伊藤さんはそう言って、ふっと口元をゆるめた。

『たいせつなものが目に見えなくたって、私達、きっとこれからもやっていけるよね』

「さきちゃん！」

さきちゃん、さきちゃん、さきちゃん。うわ言のように、その名前を繰り返す。川べりを散歩していた犬連れの女性が、ぎょっとしたような顔でこちらを振り返った。それにもかまわず、依子は叫び続けた。

向こう岸へ目を凝らすと、子ども達がさきちゃんに向かって、はーい、と手を挙げているところだった。我先にと階段を駆け上がり、一人、また一人と斜面の向こうへ消えていく。中でもいちばん年下と思われるおさげの少女が、みんなから少し離れた場所に、ひとりぽつんと立っていた。それに気づいたさきちゃんが、少女に声をかける。二人は顔を寄せ合い、短い言葉を交わすと、手をつないで歩き始めた。

「さ、さきちゃん。ねえ、さきちゃん。お願い、こっち向いて」

依子の声は風に阻まれ、出来損ないの紙飛行機みたいに、ひゅるひゅると足元に落下していく。見えない壁が、そこに存在しているみたいに。砂利に足を取られて、依子の体がバランスを崩した。腕が虚しく宙を掻き、地面にしたたか腰を打ちつけてしまう。

「痛……」

地べたに手をつくと、ずり、と皮膚がこすれる嫌な感触が伝わってきた。土埃にまみれた傷から、じんわりと血が滲む。耳鳴りにも似た声が、依子の頭の中でわんわんと反響していた。自分の呼吸か、風の音かもわからない。

「た、たいせつなものは」

依子がぽつりとつぶやいた。

「目に見えなくたって……」

続きは、言葉にならなかった。

いちばんたいせつなものは、目に見えない。いつか誰かが、そんなことを言っていた。でも、そうだろうか？　それほどたいせつなものなら、本当は目にも見えてほしい。できることなら、目にもの見せてほしい。この世界にはきっと、いちばんたいせつなものなんかより、そこからこぼれ落ちたものの方がずっとずっと多いはずだから。

「さきちゃん、私――」

依子の声を掻き消すように、びゅう、と一際強い風が河川敷を駆け抜けた。足下の砂が宙を舞い、咄嗟に自分の顔を腕で庇う。吹き返しの風が、依子の髪の毛をばさばさとなぶった。きつく閉じた瞼の裏で、名前も知らない星がちかちかと瞬いていた。

どれだけの時間、そうしていただろう。ようやく風が収まり、次に目を開けた時、さきちゃんは姿を消していた。依子の足元で、小石が、じゃり、と音を立てる。依子、待って。その背中に向かって、ぼくは叫んだ。もちろん、依子の耳には届かない。それでも、叫ばずにはいられなかった。物言わぬ葦《あし》の群れが、川の向こうでさわさわと風に揺れていた。

こんな時、あいつなら――「トト」なら、どうするだろう？　絶体絶命のピンチに、なすすべもない。退路は絶たれ、仲間達との通信は完全に途切れた。もはやこれまでか、と思われた次の瞬間、激しい閃光が頭上を駆け抜ける。爆音とともに空がひび割れ、なんとその隙間から、小型宇宙船に乗った「トト」が現れた。やあ依子、待たせたね。驚く依子を乗せて、向こう岸までひとっ飛び。瞬間移動なんて朝飯前だ。ああ、これかい？　聞いて腰を抜かすなよ、あいつらに――宇宙人に借りたんだ！

なんてことは、起こらない。

だってそれは、偽者の「トト」だから。依子が考え出した、依子の頭の中だけに存在する、理想の「トト」。ぼくの思うぼくの姿と、依子の思うぼくの姿は、似ているようで少し違う。ぼくはぼくのことをわたしとは呼ばないし、やあ依子、とか、待たせたね、とか、あんな気取った喋り方もしない。改造された体で死の淵《ふち》から蘇ったりすることもなければ、得意のテレパシー能力で人の心に直接語りかけたりするようなこともない。

でも、それでも。もしも願いが叶うなら、ぼくは今だけ不死身の体が欲しい。テレパシー能力が欲しい。依子を引き止めるだけの力が欲しい。この声だけでも、届けてほしい。おとぎ話でも、空想でもかまわない。夢に見た蝶の羽ばたきが世界のどこかで風になり、やがて大きな竜巻を起こすように。もうこの世には存在しないはずの肺が、喉が、顎が、舌が、空気を揺らし、声を発することはあるだろうか。わずかな記憶や死者の魂、かつてそこにあったはずの何か。そういうものが、遠い昔に朽ちたはずの肉体を蘇らせ、誰かの鼓膜を震わせることはあるだろうか？　例えば、こんな風に。

きゃうん、きゃう、きゃうん！

気がつくと、さっきまでの風がぴたりと止んでいた。信号の色が変わり、川沿いの道路に並んでいた車の列が、次第にゆっくりと動き出す。

「トト……？」

いつのまにか依子が、呆《ほう》けた顔でぼくを見つめていた。よろよろと足を引きずりながら、こちらに駆け寄ってくる。差し出された手が、宙で止まった。依子は一度開きかけた唇をき

ゅっと引き結び、自分に言い聞かせるように首を振って、

「シロ、なの？」

そう言い直した。

その呼びかけに応えるように、暗がりに沈んでいたシルエットが光の下にぴょんと飛び出した。出会った頃と比べて一回り以上大きくなった体が、依子にどすんと体当たりする。萎れた右耳は、今も健在だった。そいつは――シロは、くんくんと鼻を鳴らしながら、依子の衣服に顔を押しつけた。

依子がシロの顔を覗き込み、首を傾げる。

「さっき私を呼んだのは、お前？」

くぅん？　シロは依子の問いかけには答えず、きょとんとした顔でこちらを見つめていた。真っ白な毛並みが夕陽に照らされて、きらきらと黄金色に光って見えた。

それからすぐに、シロの飼い主と思わしき女性が血相を変えて、依子のもとに駆け寄ってきた。地面に投げ出されたリードをつかみ、すみません、と頭を下げたその人は、依子がさっきぶつかりそうになった女性だった。

「ごめんなさい、私がリードを放しちゃったから。急に興奮しちゃったみたいで……。いつもはこうじゃないんですけど」

こら、だめでしょ。女性のしかめ面に、シロがしゅんとした顔で尻尾を下げる。

「……わかります。犬って、そういう時ありますよね」

ほんとにねえ、と苦笑しながら地面に跪《ひざまず》き、シロの首の周りを両手でわしゃわしゃと撫で

る。仲直りの合図だ。さっきまでの落ち込みようはどこへやら、シロはすぐさま元気を取り戻して、べろべろと女性の顔を舐め始めた。

「ここ、いつもの散歩コースなんです。もしよかったら、また遊んであげてくださいね。この子、あなたのことすごく気に入ったみたいだから」

別れ際、女性は依子の手の擦り傷を指さして、よかったらこれ使って、と絆創膏を渡してくれた。ほら、はんぺん。いくよ。赤いリードをくいと引っぱると、シロが待ってましたとばかりに地面を駆け出した。女性がスロープの途中で振り返り、依子に手を振ってくる。依子も力いっぱい、腕を振り返した。寄り添うように並んだふたつのシルエットが少しずつ小さくなり、やがてその後ろ姿も見えなくなった。

ほどけたマフラーを首に巻き直し、依子は河川敷をゆっくりと見回した。寒さなんてものともせずに、広場でキャッチボールを続ける小学生達。近くに座っていた老人が手首の時計をちらりと見遣って、ベンチから立ち上がる。川面に映った夕暮れ時の空に、一枚の木の葉がひらひらと舞い落ちた。その時だった。

「……って。待って、依子！」

恐る恐る、後ろを振り返る。そこに、さきちゃんがいた。ぜえぜえと息を切らしながら、依子を見つめている。さきちゃんが、おさげの少女を背中から下ろした。この子をおぶって、ここまで走って来たのだろうか。せっかく結わえた髪の毛が風に乱れ、パーカーの肩に汗のしずくが垂れていた。

「さき、ちゃん」

長い沈黙の末、ようやく口にすることができたのは、たったそれだけ。本当はずっと、話したいことがあったはずだった。前より背が伸びたんだね、とか、最近何してるの、とか。高校のことおのちんから聞いたよ、とか、先週面接を受けに行ったんだってね、とか。さきちゃんが少し前からフリースクールに通い始めたことや、放課後はいつも、この河原でスクールの子ども達と遊んでいること。たくさん、たくさんあったはずだった。でも、依子は何も言わなかった。さきちゃんも、何も言わなかった。二人はただ黙って、お互いを見つめていた。

すると、さっきの少女がさきちゃんのもとに駆け寄り、耳元でぼそぼそと何か囁いた。それから自分のポケットに手を突っ込み、握りしめた拳をぐいと差し出す。

「あ」

あの、それ。依子が思わず、声を漏らした。さきちゃんが少女から手渡されたのは、風にさらわれ、依子の前から姿を消したはずの、あのお星さまだった。依子が作った、折り紙の星。

「……それ、ずっと探してたんだ」

さきちゃんがそれを聞いて何か言いかけ、けほ、と小さな咳払いを挟む。

「さっき、そこで拾って」

掠れた声で、さきちゃんが答えた。この子が、見つけてくれた。そう言って、おさげの少女に向かって顎をしゃくる。

ありがとう、と腰をかがめると、少女はもじもじと俯いて、さきちゃんの後ろに隠れてしまった。その子の頭をぽんと叩いて、さきちゃんは自分の右手を差し出した。一度は受け取りかけたその星を、依子は少し考えてから、さきちゃんの手の中にまた戻した。

「これ、あげる」

「……でも」

依子が、いいの、と首を振った。

「さきちゃん、今日誕生日だよね」

さきちゃんが、戸惑ったように依子の顔を見返した。さっきカレンダーを見て、気がついたんだ。言いながら、依子は照れたように笑った。

「だからこれ、プレゼント」

なんて、こんなのいらないか。オーロラ色の折り紙でできたそれは、先端がよれ、所々破れて泥がついてしまっている。お世辞にも、プレゼントにふさわしいとは言えない。

「さきちゃん、私――」

依子が途中で、えっ、と素っ頓狂な声を上げた。目の前で、さきちゃんが泣いていた。皺くちゃの星を握り締めながら、ぽろぽろと大粒の涙をこぼして。ぬぐってもぬぐっても間に合わず、さきちゃんは自分の顔を両手で覆い、地面にしゃがみ込んだ。そんな二人を、おさげの少女が少し離れた場所から不思議そうな顔で見つめていた。

「ど、どうしたの、さきちゃん」

どこか痛いの。目にゴミでも入った？　どうしていいかわからず、依子がおろおろと声をかける。すると、蹲ったさきちゃんの背中から、声が聞こえた。

ごめんなさい。

ハンカチを取り出そうとした依子の手が、動きを止める。ごめんなさい。ごめんなさい。ごめんなさい。さきちゃんは、何度もその言葉を口にした。今にも消え入りそうな、か細い声で。依子が、うん、うん、とそれに頷いた。少し迷ってから、震える背中にそっと手を添える。

「ねえ、さきちゃん」

これ見て、とポケットから何か取り出す。依子の手に握られていたのは、さっきの女性からもらった子ども用の絆創膏だった。

「さっきね、私にこれをくれた女の人がいて。いつもこの辺を散歩してるんだって。その人が犬を連れてたんだ。すっごいかわいいんだよ。毛がふわふわで、人懐っこくて。……え？ううん、全然似てなかった。でもその子を見てたら、久しぶりに思い出しちゃった。トトが生きてた時のこと」

依子の口元に、こぼれるような笑みが浮かぶ。懐かしさとほんのちょっとのさみしさが入り混じった、ささやかな笑顔だった。

「トトに、会いたいなあ」

ああ、そうだね。

ぼくも君に会いたいよ。

でも、言ったろう？　君がぼくを恋しがったり、さみしがったりする必要なんて、これっぽっちもないんだってこと。だってぼくは最初から、君のそばにいたんだから。君が教室の片隅で宇宙人と戦っていたあの時も、君が世界の終わりみたいな夕焼けを目にして絶望に打ちひしがれていたあの時も。いつか見た明け方の夢の中にも、保健室のまどろみの中にも。初夏のある日にこの河原を吹き抜けた一陣の風の中にも、西日が差し込む古びた校舎の、放課後のどこかにも。

ここはなかなか居心地がよくて、少し長居をし過ぎたみたいだ。さて、と辺りを見回すと、おさげの少女がいつのまにかぼくの足元にしゃがみ込んでいた。大人しくしているのにも、飽きてしまったらしい。どこかから拾ってきた石で、目的もなく土を掘り返している。しばらくその様子を眺めていると、少女がふいに顔を上げた。通りかかったぼくと目が合い、小さく首を傾げる。

はじめまして、こんにちは。

「……こんにちは」

目を丸くしたぼくを見て、その子がいたずらっぽく微笑んだ。泥だらけの指先が、こちらに向かってゆっくりと差し出される。さっきまでとはうってかわって、やわらかな風がぼくの耳の裏をくすぐった。土のかおりがふわりと鼻先を掠める。少しして、ちいさなその手がぼくの頭をさわさわと撫でた。

〈参考文献〉

『14歳からの宇宙論』佐藤勝彦（河出書房新社）
『わたしの昆虫記①　黒いトノサマバッタ』矢島稔（偕成社）
『3びきのくま』トルストイ文　バスネツォフ絵　おがさわらとよき訳（福音館書店）
『星の王子さま』サン=テグジュペリ作　内藤濯訳（岩波書店）
『ふたりはともだち』アーノルド・ローベル作　三木卓訳（文化出版局）

〈初出〉

「きらら」２０２０年１月号〜10月号

単行本化にあたり、大幅な加筆・修正を行いました。

本作はフィクションであり、
実際の人物・団体とは一切関係ありません。

装　画

宮下 和

装　幀

岡本歌織（next door design）

こざわたまこ

1986年、福島県生まれ。専修大学文学部卒。2012年「僕の災い」で「女による女のためのR-18文学賞」読者賞を受賞。同作を収録した『負け逃げ』でデビュー。その他の著書に『仕事は2番』『君には、言えない』（文庫化にあたり『君に言えなかったこと』から改題）がある。

編集／村田汐海

# 教室のゴルディロックスゾーン

2023年7月3日　第1刷発行

著　者／こざわたまこ

発行者／石川和男

発行所／株式会社小学館
〒101－8001　東京都千代田区一ツ橋2-3-1
編集 03－3230－5806　販売 03－5281－3555

DTP／株式会社昭和ブライト

印刷所／萩原印刷株式会社

製本所／株式会社若林製本工場

 ISBN 978-4-09-386673-6